WENN EIN LÖWE SUCHT

Lion's Pride, Band 12

EVE LANGLAIS

Copyright © 2021 Eve Langlais
Englischer Originaltitel: »Lion's Quest (A Lion's Pride Book 12)«
Deutsche Übersetzung: Noëlle-Sophie Niederberger für Daniela Mansfield Translations 2021

eBook: ISBN: 978-1-77384-250-9
Taschenbuch: ISBN: 978-1-77384-251-6

Alle Rechte vorbehalten. Dies ist ein Werk der Fiktion. Namen, Darsteller, Orte und Handlung entspringen entweder der Fantasie der Autorin oder werden fiktiv eingesetzt. Jegliche Ähnlichkeit mit tatsächlichen Vorkommnissen, Schauplätzen oder Personen, lebend oder verstorben, ist rein zufällig.
Dieses Buch darf ohne die ausdrückliche schriftliche Genehmigung der Autorin weder in seiner Gesamtheit noch in Auszügen auf keinerlei Art mithilfe elektronischer oder mechanischer Mittel vervielfältigt oder weitergegeben werden.

Titelbild entworfen von: Yocla Designs © 2021
Herausgegeben von: Eve Langlais www.EveLanglais.com

Prolog

Peter schlich sich aus dem Gästebett, das er sich für die Nacht ergaunert hatte.

Ja, ergaunert. Als Teil seines Plans hatte er dafür gesorgt, dass sein Wagen vor der Tür dieses alten Hauses in der russischen Kleinstadt Suzdal liegen geblieben war. Er hatte nur einen flüchtigen Blick auf die Architektur geworfen, die trotz des schäbigen Äußeren immer noch umwerfend war. Abblätternde Farbe, die Wandverkleidung von verblassendem Grau, und Holz, das an einigen Stellen verfaulte. Eine Schande. Früher einmal war es vermutlich ein Prunkstück gewesen.

Die Dame, die die Tür öffnete, erschien jünger für eine Frau, die auf die achtzig zuging. Die Schönheit war immer noch sichtbar zwischen den wenigen Falten in der feinen Pergamenthaut, an dem langen Hals und dem schneeweißen Haar, das auf ihrem

Kopf hochgesteckt war und aus dem sich einige Locken gelöst hatten. Sie trug eine weiße, bis zu ihrem Hals geknöpfte Bluse und einen langen, blauen Rock.

Sie begrüßte ihn auf Russisch und ihre Stimme zitterte leicht, als sie ihn fragte, wer er sei.

»Ich bin Peter.« Seinen Nachnamen behielt er für sich.

Eine Flut von Russisch folgte. Da sein Verständnis der Sprache nicht über das Fragen nach Alkohol oder Nahrung hinausging, sprach er Englisch. »Bitte, können Sie mir helfen? Ich habe einen platten Reifen.« Er deutete auf sein Fahrzeug, das am Straßenrand stand. Eines der Vorderräder hatte offensichtlich eine größere Reparatur nötig, da er einen Nagel hineingeschlagen, ein paarmal vor und zurück gezogen hatte und dann damit gefahren war, bis es den aktuellen Zustand erreichte.

Die alte Dame beäugte ihn und seinen Wagen, bevor sie mit starkem Akzent auf Englisch entgegnete: »Du brauchst einen Reifen. Wir werden die Werkstatt rufen. Komm herein.« Sie begrüßte ihn in ihrem Heim und streifte ihn dabei mit ihren Händen, als müsste sie ihn berühren. Sie schenkte ihm ein strahlendes Lächeln mit vielen weißen Zähnen und sagte: »Ich bin Irina. Irina Koznetsov.«

Er dankte ihr beinahe dafür, es bestätigt zu haben. Er hatte nur sehr wenige Informationen erhalten, bevor er zu Irinas Haus gekommen war. »Hi, Irina.« Er hielt ihre Hand und lächelte. »Danke für Ihre Gastfreundschaft.«

Sie tätschelte seine Hand. »Danke. Ich kann amerikanische Jungs nicht oft genießen.«

Die seltsame Wortwahl irritierte ihn, aber er schrieb es einer Sprachbarriere zu. »Sind Sie verheiratet?«

Irina kicherte. »War ich. Sie sind tot.«

»Was bedeutet, Sie sind frei und Single.« Er zwinkerte, wohl wissend, wie er seinen Charme zu versprühen hatte.

Die alte Dame grinste umso breiter. Verdammt, sie hatte riesige Zähne.

»Du hast Freundin?«, fragte sie.

»Ich hatte noch nicht das Glück, die Richtige zu finden«, erwiderte er redegewandt, und Irina nahm es ihm ab.

Sie holte ihm Kekse und dann etwas, das er für Kaffee hielt, in dem der Löffel stehen bleiben könnte. Zu stark für das, was er tun wollte.

Als sie für eine Minute verschwand, goss er einen Teil davon aus.

Irina kehrte zurück, wobei sie weitere Speisen mitbrachte. Reine Zuckerdekadenz auf einem Teller. Während er förmlich einen Orgasmus durch die Magie erlebte, welche sie auch immer hineingetan hatte, plauderte Irina weiter. Sie erzählte ihm, dass sie einige Kinder hatte, jedoch war das einzige Familienmitglied, das sie regelmäßig sah, ihre Enkelin Svetlana.

Ihre alleinstehende Enkelin.

»Ich sollte wirklich die Werkstatt anrufen«, sagte er, bevor sie versuchte, ihn zu einer Verabredung mit Svetlana zu drängen.

»Das Auto ist bereits weg.« Irina wedelte mit der Hand. »Ich Freund angerufen.«

Na ja, das kam seinen Plänen in die Quere. »Wohin?«

»In die Werkstatt. Er repariert. Du bekommen am Morgen.«

»Morgen. Wow.« Er fuhr sich mit einer Hand durch sein Haar. »Ich nehme nicht an, dass Sie ein Hotel in der Nähe kennen?«

»Nein.«

»Keine Sorge. Ich werde eins finden.« Er wandte sich zum Gehen, aber Irina hielt ihn auf. »Du bleibst. Ich habe Bett.«

»Ich möchte mich nicht aufdrängen.«

»Bleib. Bleib. Trink. Iss.« Sie schob das Essen und diese widerliche Flüssigkeit in seine Richtung.

Er konnte sie nicht trinken, also goss er sie weiter aus. Hoffentlich würde sie den nassen Fleck nicht bemerken, den er erzeugte, als er das Zeug zwischen die Sofakissen goss.

Er täuschte ein Gähnen vor, bevor sie ihm eine weitere Tasse einschenken konnte.

»Schlafenszeit!«, verkündete sie und klatschte dabei in die Hände. »Folgen.« Sie ging zur Küche und nicht in den ersten Stock, von dem er wusste, dass sich dort die Schlafzimmer befanden.

Gab es eine zweite Treppe?

Sein Handy vibrierte. Er holte es hervor und entdeckte eine weitere Nachricht von seiner Schwester, die nach ihm fragte. Er würde antworten, wenn er Zeit hatte. Er hielt das Handy in der Hand, als er die Küche betrat.

Irina stand an einer Tür, von der aus eine Treppe nach unten führte. »Du folgen«, sagte sie, bevor sie die Stirn runzelte. »Wen du angerufen?«

Er wedelte mit dem Handy. »Es ist meine Schwester. Sie behält mich gern im Auge.«

»Sie wissen, dass du hier?«

In der Art, wie sie das sagte, lag etwas Verrücktes, das ihm die Haare im Nacken aufstellte. Er bekam Gänsehaut. Was unsinnig war. Als könnte sie ihm etwas antun. Dennoch ...

»Ja, meine Schwester und ich stehen uns nahe. Sie weiß alles, was mir passiert. Wir telefonieren ständig.« Nicht ganz die Wahrheit. Sie klammerte. Er bemühte sich um Freiraum.

Die alte Dame murmelte etwas, bevor sie die Tür schloss. Sie ging an ihm vorbei und wieder aus der Küche hinaus.

»Äh, Irina?«

»Schlafenszeit. Du müde.«

»Ja, müde.« Er war auch verwirrt, aber froh zu sehen, dass sie nach oben und nicht nach unten in den Keller gingen. Die hatte er noch nie gemocht. Und das schon seit langer Zeit. Kalt. Feucht. Muffige, widerliche Orte.

Irina führte ihn in ein Zimmer, das mit seinen dunklen Möbeln und Stoffen eine maskuline Ausstrahlung hatte. Sie schloss immer noch murmelnd die Tür und er stieß beinahe seine Faust in die Luft. Er war drin.

So einfach. Ein anderer Mann hätte sich vielleicht schlecht gefühlt, eine alte Frau zu betrügen.

Dieser Mann war er nicht. Er ging auf und ab, während er wartete. Fast einundzwanzig Uhr. Wann würde sie schlafen gehen?

Er hörte ein fast unmerkliches Knarzen, woraufhin er sich zur Tür bewegte und sein Ohr dagegen drückte. Er hätte schwören können, dass er schweres Atmen hörte. Die Haut auf seinem Körper prickelte.

Dann ertönten Schritte, als entfernte sich jemand.

In diesem Moment erkannte er, dass er den Atem anhielt. Inzwischen war es kurz nach Mitternacht – es war mehr als zwei Stunden her, seit er zuletzt ein Knarzen gehört hatte –, als er vollständig bekleidet unter der Decke hervorkroch. Er hatte bereits früh am Abend ausgekundschaftet, wohin er gehen musste, es war nach dem Anruf in die Werkstatt gewesen, aber bevor sie das gefühlt siebente Dessert holen konnte. Er hatte nur sagen müssen: »Dieses Haus ist überwältigend. Ich nehme nicht an, Sie könnten es mir zeigen und seine Geschichte erzählen?«

Mit offensichtlichem Stolz zeigte Irina ihm ihr

Zuhause, wobei sie ein Bild malte, das ihm half, an den Rissen im Putz, den durchgetretenen Böden und dem Staub in den Ecken vorbeizusehen. Die Herrlichkeit spähte immer noch aus Zimmern mit nicht zueinanderpassenden Möbelstücken heraus.

Es war Irina, die auf eine saubere Stelle auf dem Boden zeigte. »Ich besitze großes – großes – *Klavesin*.« Sie verfiel ins Russische.

Er kannte das Wort nicht, konnte es aber angesichts der Bank mit Notenblättern, die zurückgeblieben war, dennoch erahnen. Ein Klavier oder Cembalo, wie er vermutete. »Was ist damit passiert?«

»Verkauft, um Dach reparieren.« Sie funkelte die Decke an.

Er konnte nur hoffen, dass sie nicht verkauft hatte, weswegen er hergekommen war.

Aber seine Angst war unbegründet. Er sah den Schlüssel in dem Moment, in dem sie im ersten Stock die Tür zu ihrem Nähzimmer öffnete, das in einem Erkerturm verborgen war, mit einem gemütlichen Schaukelstuhl am Fenster, neben dem sich ein Korb mit Wolle befand. Eine Nähmaschine, von mehreren Stoffbahnen beinahe begraben, teilweise durch die Sonne verblasst und staubig, stand unter einem Fenster. Der schmiedeeiserne Schlüssel hing von einem offensichtlich handgemachten Kronleuchter und war nur eines der vielen nicht zusammenpassenden Dinge, die dort baumelten, wie die kunstvolle Gabel und ein geätzter Kelch.

»Was für ein interessantes Kunstwerk.«

Sie sah, wie er es betrachtete. »Es ist Müll.«

Hatte sie je das Sprichwort gehört, des einen Leid ist des anderen Freud?

»Das ist die Art von Sache, die meine Schwester lieben würde. Ich nehme nicht an, dass Sie es verkaufen würden?« Peter versuchte, es auf die richtige Art zu machen. Die ehrliche Art.

»Nein.« Irina schüttelte den Kopf. »Babushka mir gemacht.«

Er hätte weiter drängen können, um zu sehen, ob diese Sentimentalität einen Preis hatte, aber es war einfacher, sich nach Mitternacht aus seinem Bett zu schleichen, um es zu stehlen. Irina würde niemals bemerken, dass ein Schlüssel von diesem riesigen Lampenschirm fehlte, aber nur für den Fall hatte er eine Nachbildung mitgebacht. Immerhin kam der Job mit Skizzen dessen, wonach er suchen sollte. Wenn er die Schlüssel geschickt austauschte, würde niemand je den Unterschied erkennen.

Hatte er Bedenken, von der alten Dame zu stehlen? Nicht viele. Seine Schwester hielt ihn für einen guten Kerl. Und das war er. Für sie.

Aber dieser Schlüssel war besonders. Er könnte damit für sein Leben ausgesorgt haben, und wenn das passierte, würde er dafür sorgen, dass Irina einen Teil davon bekam. Vielleicht würde er ihr Haus reparieren lassen. Ihr ein wenig Hilfe einstellen. Einen Seelenklempner dazu bringen, ihn loszusprechen und die

Schuld für seine Handlungen seiner Kindheit zu geben.

Die guten Taten, die er mit diesem Schlüssel erledigen konnte, rechtfertigten seinen Einbruch in das Nähzimmer. Auf Zehenspitzen konnte er den Schlüssel umfassen, aber ihn auszuhaken stellte sich als unmöglich heraus. Er brauchte noch ein paar Zentimeter. Er beäugte den Schemel, aber die dünnen Beine waren für ruhende Füße gedacht, nicht für das volle Gewicht eines Mannes.

Der Nähmaschinentisch erschien schwer, was ihm nur eine Wahl ließ. Er bewegte den Schaukelstuhl und, mit vorsichtigem Manövrieren, das ihn in der Hocke kauernd beinhaltete, endete er auf dem Sitz.

Er wackelte, weshalb er die Arme ausstreckte, um sich auszubalancieren, dann richtete er sich vollständig auf, sodass er an dem Draht arbeiten konnte, der den Schlüssel festhielt. Es war wirklich ein Musterbeispiel für Recycling. Der Metallrand war aus alten Kleiderbügeln gefertigt, die zu einem Rahmen gedreht und gekrümmt waren, von dem die merkwürdigste Sammlung an Zeug von Metalldrähten baumelte.

Der Schlüssel war nicht das Einzige, was ihm ins Auge fiel. Als er zufällig aus dem Fenster sah, hätte er schwören können, dass er das flüchtige Aufflackern von jemandem sah, der sich eine Zigarette anzündete. Könnte jemand auf einem Spaziergang sein.

Dennoch sollte er nicht trödeln. Seine Finger protestierten gegen das harte Metall. Es dauerte eine

Weile, den Draht zu entwirren, aber er befreite den schwerer als erwarteten Schlüssel, dessen Kälte einen Schauder durch ihn jagte.

Er ignorierte das Gefühl einer unguten Vorahnung und steckte ihn in seine Tasche, während er sich über seinen nächsten Zug Gedanken machte. In der Nacht verschwinden oder bis zum Frühstück bleiben?

Angesichts des herzhaften Abendessens, das Irina ihm serviert hatte, sabberte er beinahe, als er sich fragte, was er als erste Mahlzeit des Tages erwarten konnte. Sicherlich besser als das, was er auf dem Weg zurück in die Stadt bekommen könnte.

Sein Magen entschied es. Er würde am Morgen abreisen.

Jetzt zum nächsten Schritt, eine Vorsichtsmaßnahme, wenn man es so wollte. Der falsche Schlüssel sollte seinen Platz einnehmen. Tatsächlich hatte er zwei fertigen lassen. Der zweite war in seiner Wohnung versteckt, bereit, an die Leute übergeben zu werden, die ihn angeheuert hatten.

Kein Grund, sich schlecht zu fühlen. Es waren keine guten Menschen.

Der falsche Schlüssel ging nach oben, eine genauere Nachbildung als erwartet, wenn man bedachte, dass er ihn mithilfe eines 3D-Druckers von Bildern hatte fertigen lassen, die nicht alle Stellen zeigten. Das neue Ornament sah makellos aus.

Bevor er von dem Schaukelstuhl herunterklettern konnte, spähte er wieder aus dem Fenster. Der

Raucher war verschwunden. Nur er und seine Vergehen waren unterwegs.

Und sein Pech.

Es gab einen Grund, warum er in der Vergangenheit ins Gefängnis gewandert war, denn irgendwie waren so viele seiner besten Pläne aus dämlichen Gründen gescheitert. In diesem Fall? Der Schaukelstuhl gab nur ein einziges Knarzen als Warnung von sich, bevor er zusammenbrach. Im Sinne von, er zersplitterte in tausend Stücke. Und er selbst fiel zu Boden.

Es hatte nichts Leises an sich. Die Grimasse verblieb die ganze Zeit in seinem Gesicht, während er stumm in den Trümmern stand und lauschte. Er hörte nicht, dass die alte Dame kam, um nachzusehen, aber sie würde es sicherlich bemerken, wenn sie das nächste Mal das Nähzimmer betrat. Plötzlich erschien es nicht mehr die beste Option zu sein, über Nacht zu bleiben.

Ein Gefühl der Dringlichkeit erfüllte ihn. Er verließ das Nähzimmer und ging in den Flur. Seine Tür war am hinteren Ende; allerdings war die zum Zimmer der alten Dame einen Spalt geöffnet. Sie war geschlossen gewesen, als er zuvor den Flur entlanggekommen war.

Oh scheiße. War sie wach? Hatte sie bereits die Polizei gerufen? Er konnte nicht sagen, ob sie in ihrem Zimmer oder unten war. Möglicherweise hatte sie sich ein Glas warme Milch geholt. Er selbst hatte dieses fiese weiße Zeug nie genutzt, um ihm beim Einschlafen zu helfen. Er zog einen Joint vor.

Dummheit half ihm beim Konzentrieren. Leise Mäuse hätten ihm nicht das Wasser reichen können, als er sich durch den Flur schlich und gerade lange genug in sein Zimmer schoss, um seinen Rucksack zu holen. Erst als er gehen wollte, sah er den Tiger.

Er blinzelte. Öffnete seine Augen weit.

Immer noch da.

Verflucht, ein Tiger.

Wo war er hergekommen? Er hatte keinerlei Anzeichen dafür gesehen, dass Irina ein Haustier besaß.

»Grrr.« Das grummelnde Knurren der Warnung bedeutete nichts Gutes, genauso wenig wie die aufgestellten Nackenhaare auf dem Rücken der Katze.

Peter ging rückwärts zum Fenster, ein geistiges Verzeichnis des Hauses erinnerte ihn an das spitze Verandadach vor seinem Zimmer, dann ein kurzer Fall zu Boden. Aber das Öffnen des Fensters bedeutete, dem Tiger den Rücken zuzuwenden.

Nichts zu tun würde dazu führen, dass sein Gesicht gefressen wurde.

Er wirbelte herum und zog. Der alte Holzrahmen rührte sich nicht. Der Instinkt trieb ihn dazu, sich zur Seite zu werfen. Und gerade noch rechtzeitig!

Der Tiger schoss vorbei, traf hart auf das Fenster und sackte dann zu Boden, wo er liegen blieb und sich kaum bewegte, als wäre er benommen.

Er verschwendete dieses kleine bisschen Glück nicht. Er lief in den Flur und die Treppe hinunter, wobei er sich nicht länger darum scherte, wen er weckte. Nicht mit einem frei herumlaufenden Tiger.

Er lief durch die Tür und hatte bereits zwei Stufen genommen, bevor ihm in den Sinn kam, herumzuwirbeln und sie zu schließen. Immerhin konnten Tiger keine Türen öffnen. Aber Irina schon.

Zu seiner Überraschung war sein Wagen in der Auffahrt geparkt. Die Werkstatt musste ihn früher als erwartet abgeliefert haben. Es kam ihm vor, als wäre das Fahrzeug kilometerweit entfernt, als er sich eilig darauf zubewegte, und er erwartete weiterhin, dass etwas Gestreiftes lossprang. Er kämpfte mit seinem Schlüsselbund. Glas zerbrach und ein Brüllen durchdrang die Nacht.

Heilige Scheiße. Peter hastete in seinen Wagen und startete den Motor. Die automatische Ausstattung schaltete die Scheinwerfer ein. Er trat auf die Bremse und wechselte in den Fahrmodus, als er es sah.

Tieraugen mit diesem seltsamen Schimmer, der in den hellen Strahlen reflektiert wurde. Der Tiger stolzierte knurrend auf ihn zu. Er kam nahe genug, sodass er das Grau im Fell erkennen konnte. Die Steifheit seiner Gangart.

Ein alter Tiger, der sich seinem Besitzer gegenüber anständig verhielt.

Verdammt. Er hatte schon immer eine Vorliebe für Großkatzen gehabt, weshalb er diesen Tiger nicht überfuhr, sondern auswich und in die andere Richtung floh.

Diese Entscheidung würde er später bereuen.

1

Kapitel Eins

»Du musst einen Menschen beschützen.«

Nora beäugte Arik, den Löwenkönig. »Stecke ich wegen irgendetwas in Schwierigkeiten? Werde ich bestraft?« Es kam vielleicht ein wenig frecher heraus, als es respektvoll gewesen wäre, denn der Job klang für sie wie eine Degradierung.

»Im Gegenteil. Diese Aufgabe könnte die wichtigste Sache sein, die es gerade zu erledigen gibt.«

Sie zog eine Braue hoch. »Einen Menschen babysitten, wichtig?« Sofern diese Person nicht der Präsident oder so was war, konnte sie es nicht sehen.

»Stellst du mich infrage?«, sagte Arik sanft, dann starrte er sie an, sonst nichts. Er musste nichts tun. Als König des Löwenrudels, Ostküstenabteilung, war sein Wort Gesetz.

Es sollte angemerkt werden, dass er sie nicht verletzen würde, wenn sie widersprach. Sie konnte

Nein sagen und gehen, aber der König würde sich an ihren Ungehorsam erinnern und ihre Stellung im Rudel würde verschlechtert. Ganz zu schweigen davon, würde Arik sie wirklich ohne Grund darum bitten, auf jemanden aufzupassen?

»Okay, wer ist der Kerl oder das Mädchen?«

»Peter Montgomery. Lebt allein. Keine Partnerin oder enge Freunde, aber er hat eine Schwester.«

»Begrenze ich ihren Zugang?«

Arik schüttelte den Kopf, seine goldene Haarmähne perfekt gestuft und umwerfend. »Nein. Aber wenn du in der Nähe bist, wenn sie zu Besuch kommt, achte darauf, was du sagst.«

»Sie weiß nicht, dass wir ihren Bruder beobachten?«

»Charlie, seine Schwester, weiß, dass wir helfen. Sie ist sich der Gefahr bewusst und wer wir sind, aber ihr Bruder hat keine Ahnung.«

Sie runzelte die Stirn. »Charlie? Warte, du meinst das menschliche Mädchen, das Lawrence geheiratet hat?« Da er als äußert begehrter Junggeselle gegolten hatte, hatte sie früher selbst ein paar Fantasien über dieses verspielte Kätzchen gehabt. Die Hochzeit hatte sie aufgrund anderer Pläne jedoch nicht besucht.

»Genau die. Peter ist ihr Bruder und er ist sich nicht bewusst, was wir sind.« Und so würde es bleiben, es sei denn, es gab mildernde Umstände. Der Kreis des Wissens über ihre Existenz blieb klein.

Doppelschlag. »Mit anderen Worten, ich muss mit

ihm spielen, als wäre ich ein schmutziges Geheimnis. Verstanden.«

Arik hustete. »Ja, ich glaube nicht, dass du ihm so nahe kommen musst. Überwachung sollte für den Anfang ausreichen, sowie Schutz für den Fall, dass es jemand auf ihn abgesehen hat.«

Langweilig. »Kein Problem. Wo wohnt er?« Sie hoffte wirklich, dass sie ihn in eine Suite in ihrem Wohngebäude verlagern konnten.

»In einer unserer öffentlichen Pride-Group-Immobilien.« Die öffentlichen waren die Gebäude, in denen Menschen untergebracht waren, was ihr Geschäftsportfolio den aufmerksamen Typen ausgewogener erscheinen ließ.

»Wenn du dir um seine Sicherheit Sorgen machst, wäre es einfacher, ihn dort zu bewachen, wo wir viele Augen haben.« Und mit Augen meinte sie nicht nur die Sicherheitskameras. Gestaltwandler hatten einen scharfen Jagdsinn, trotz Jahrzehnten des Lebens in der Stadt. Wenn jemand irgendetwas in ihrem Revier versuchte, würden sie es wissen und handeln.

»Ich weiß nicht, ob ich möchte, dass diejenigen, die ihn verfolgen, so nahe an uns herankommen.«

»Sind sie so gefährlich?«, rief sie hitzig.

»Ich übertreibe nicht, wenn ich sage, dass das, was du tust, von größter Wichtigkeit sein könnte. Peter muss bewacht werden.«

»Ich nehme an, du hast die Überwachung begonnen?«, fragte Nora.

»Während er immer noch auf der Flitterwochen-Kreuzfahrt mit seiner Schwester war, hat das Rudel subtil dafür gesorgt, dass eine Wohnung an ihn vermietet und mit Sicherheitsmaßnahmen ausgestattet wird.« Arik schob ihr einen Schlüssel zu. »Du hast eine Wohnung in dem Gebäude, damit du in der Nähe sein kannst. Das ist eine Operation an der Front. Du wirst währenddessen eingeschränkten Kontakt mit dem Rudel haben. Wenn du etwas brauchst, besprich es zuerst mit mir.«

»Ich werde vermutlich Technik brauchen.« Sie wusste sofort, dass sie es besser erwähnte.

»Die steht schon bereit. Melly wird mit dir an allem arbeiten, was du brauchen könntest.«

»Was, wenn ich Verstärkung brauche?«

»Bereits vorhanden. Du wirst die Überwachung mit Zachary Lennox teilen.«

Zachary war ein zuverlässiger Kerl. Sie hatte bereits zuvor mit ihm gearbeitet.

»Mir ist egal, wie ihr die Stunden aufteilt. Was auch immer für euch funktioniert. Ich habe euch beiden bereits eine Wohnung im selben Gebäude gemietet, um es einfacher zu machen. Eure Tarnung wird beinhalten, dass ihr zusammenlebt und Zach von zu Hause als Software-Designer arbeitet.«

Was ihnen erlauben würde, ohne Fragen das Computerequipment reinzubringen. »Was ist mit mir? Was ist meine Tarnung in Bezug auf einen Job?«

»Du bist das neue Mädchen an der Feinkosttheke

bei dem Schlachter gegenüber dem Buchladen, in dem Montgomery arbeitet.«

Sie blinzelte. »Du willst, dass ich mit Fleisch um mich werfe?«

»Ja. Es ist der perfekte Ort, um ihn zu beobachten, während er bei der Arbeit ist.«

»Wenn du nicht da bist, gibt es irgendjemand anderen, mit dem ich reden kann, falls ich unter Druck gerate?«

»Geheimhaltung ist wichtig. Niemand außer mir, dem Omega und dem Beta.« Nur die im Rudel mit dem höchsten Rang würden ihre Berichte erhalten. Alle Bitten um Hilfe mussten durch den König oder seine Sekundanten gehen.

»Du hast nicht gesagt, wonach ich Ausschau halten soll.«

»Weil wir uns nicht zu hundert Prozent sicher sind, wonach wir suchen. Wir wissen, dass es ein altes Buch, einen Schlüssel und Menschen beinhaltet, die verzweifelt nach irgendeinem Schatz suchen.«

»Oh. Was für eine Art Schatz?«

»Die Art, die vielleicht die Zerstörung unserer Art zur Folge hat.« Eine unheilvolle Aussage. »Weshalb es so wichtig ist, dass du herausfindest, was Peter weiß.«

Sie rümpfte die Nase. »Das ergibt keinen Sinn. Du sagtest, dieser Peter weiß nichts von Gestaltwandlern, wie könnte er also eine Gefahr darstellen?«

»Was, wenn ich dir sagte, dass es einen Weg gibt, um dich für immer menschlich zu machen?«

Sie zuckte zurück. »Igitt. Nein.«

»Nicht wahr?«

Ihr fiel die Kinnlade herunter. »Warte, du meinst es ernst.«

»Sehr.«

»Aber das ist —«

»Unmöglich?« Arik beäugte sie aufmerksam und sie fiel in sich zusammen.

»Verflucht.« Denn wenn so etwas tatsächlich existierte, dann könnte es sie auslöschen, sollte es in die falschen Hände geraten.

»Wir haben versucht, ihm alles zu entlocken, was er möglicherweise über den versteckten Schatz weiß, allerdings beruft er sich auf Amnesie.«

»Wie praktisch.«

»Nicht wahr? Scheinbar hat Mr. Peter Montgomery es geschafft, sich sechs Monate lang in der russischen Wildnis zu verirren, und als er schließlich gefunden wurde, behauptete er, keine Erinnerung an irgendetwas vor seinem Verschwinden zu haben.«

»Sechs Monate in der Wildnis und überlebt? Blödsinn.« Sie prustete, überwiegend weil sie wusste, wie gnadenlos diese Landschaft sein konnte, da sie vor langer Zeit auf einer Klassenfahrt dort gewesen war. Aber ein schönes Land, wenn auch mit zu vielen Bären.

»Es gibt viele Dinge an seiner Geschichte, die nicht glaubhaft klingen; allerdings würde es Lawrence' Gefährtin verärgern, gegen Peter zu handeln. Es ist auch noch nicht angebracht. Ich würde lieber zuerst einen subtileren Ansatz versuchen.«

»Indem wir den Menschen beobachten und darauf warten, dass er einen Fehler macht?«

»Ja.«

»Klingt einfach.«

»Habe ich den Teil erwähnt, bei dem wir bereits zwei Versuche vereitelt haben, Peter zu erfassen, seit er wiederaufgetaucht ist?«

»Sie haben versucht, ihn zu entführen, nicht ihn zu töten?«, überlegte sie laut. »Was bedeutet, jemand ist an dem interessiert, was sich in seinem Kopf befindet.«

»Und sie arbeiten mit Menschen«, kam seine unheilvolle Antwort. Unausgesprochen, aber angedeutet: Ihr Geheimnis war in Gefahr.

»Woher wissen wir, dass diese Menschen nicht aus banalen Gründen wie Spiel- oder Drogenschulden hinter ihm her sind?«

Arik zuckte die Achseln. »Bisher sind Versuche der Befragung fehlgeschlagen, aufgrund eines Mangels brauchbarer Zielpersonen.«

»Ihr habt keine festgenommen?« Es lag ein ungläubiger Unterton in ihrer Stimme.

»Es ist mehr so, dass keiner überlebt hat. Der erste Typ wurde von einem Scharfschützen erschossen, als wir versucht haben, ihn in den Kofferraum zu laden. Die letzten beiden wurden während des Transports von einem Sattelschlepper getroffen. Glücklicherweise hat unser Fahrer mit kaum einem Kratzer überlebt.

Egal wo, sie sterben in unseren Händen. Wir scheinen einen Maulwurf unter uns zu haben.«

Ihr Mund wurde rund. Ein Verräter. Allein der Gedanke. »Nein.«

»Es ist jetzt zu oft passiert, als dass es ein Zufall sein könnte.«

»Wie waren diese Angriffstrupps bewaffnet?«

»Mit Kugeln und Betäubungsgewehren. Wir glauben, dass sie mit einer Bärin namens Lada zusammenarbeiten.«

»Wie kann irgendjemand mit *denen* unter einer Decke stecken?« Sie konnte nichts für die Abneigung. Menschen waren die ultimative Bedrohung für ihr Überleben. Herauszufinden, dass ein Gestaltwandler diesen einfachen Grundsatz verriet ...

Arik zuckte die Achseln. »Das müssen wir herausfinden. All dieses Interesse an Peter begann wegen eines alten Schlüssels. Wenn du irgendetwas davon siehst oder hörst, irgendetwas, lass es mich sofort wissen.«

Dieser Job wurde immer interessanter. »Sonst noch was?«

»Sei vorsichtig. Diese Menschen, denen wir begegnet sind, machen keine Spielchen.«

»Ich werde dafür sorgen, dass ich geladen und entsichert bin.«

»Ich weiß, dass ich auf dich zählen kann, Nora. Sei vorsichtig. Die Leute, mit denen wir es zu tun haben, haben in der Vergangenheit leichtsinnig gehandelt, und ich befürchte, dass die Situation eskalieren könnte.«

Voller Verachtung warf sie beinahe ihre gestutzte Mähne zurück. Menschen gegen eine Löwin? Sie würde jedes einzelne Mal auf sich selbst setzen.

Nach dieser Unterhaltung gingen die Dinge schnell vonstatten. Zu schnell, als dass sie etwas zu den Weibchen sagen konnte, während sie einen Koffer packte, ein paar Lebensmittelkartons mit Waren füllte und sicherheitshalber noch eine Topfpflanze hineinwarf.

Sie kam mit einem Wagen voller Kartons, Tüten und Taschen in ihrem vorübergehenden Zuhause an. Zachary war da, um alles auszuladen. Er spielte die Rolle des festen Freundes gut. Er war ein netter Kerl. Ruhig. Zuverlässig. Gut aussehend, wenn man seinen Mann schroff wie Granit und mürrisch zu denen mochte, die ihm nicht passten.

»Hey, Kleine«, war seine Begrüßung.

Sie täuschten eine Umarmung vor und sie flüsterte: »Ich nehme an, die Zielperson ist drin.«

»Hat sich den ganzen Tag nicht bewegt.«

»Welches Stockwerk?«

»Eins über uns.« Zach öffnete ihren Kofferraum und begann, Taschen auszuladen, deren Stoffgriff ihn mehrere in jeder Hand tragen ließen.

Sie trug ihre Pflanze und zog einen großen Koffer mit sich.

Beim Eintreten bemerkte sie den Aufzug und die

Treppe. Normalerweise nahm sie die Treppe, aber das wäre als Freundin gemein, angesichts ihres beladenen »Freundes«. Nicht dass Zach sich beschweren würde, aber es würde seltsam erscheinen.

Im Aufzug versuchte sie, noch mehr Informationen zu erhalten. »Ich nehme an, ich bekomme wegen meines Jobs die Tagschicht.«

»Ja. Ich habe dir das große Schlafzimmer überlassen, da es nachts ruhiger sein wird, wenn ich mein Ding mache.« Sein Ding war, nach allem Ausschau zu halten, was außergewöhnlich war. Während ruhiger Momente würde er sich die Aufnahmen des Tages ansehen, um herauszufinden, ob irgendetwas übersehen wurde.

Ihre Wohnung hatte eine braun gestrichene Tür mit einem Spion. Drei Türen auf jeder Seite des Flurs machten sechs Wohnungen pro Stockwerk.

Zach schloss auf und sie betraten den einfachen Raum. Zuerst ein Flur mit Türen, die in andere Räume führten, einschließlich des Schlafzimmers mit dazugehörigem Bad. Am Ende des Flurs ein Wohnzimmer mit Couch und niedrigem Tisch. Ein großer Sessel und ein beweglicher Tisch mit drei Bildschirmen nahmen den Ehrenplatz der Wohnung ein. Direkt neben dem Wohnzimmer war die Küche mit ihrer Frühstückstheke und hohem Essbereich aus Chrom.

Schöner als ein paar Orte, an denen sie Überwachung hatte machen müssen. »Gib mir eine Sekunde, um das hier abzulegen, dann gehen wir den Fall durch«, sagte sie. Die Pflanze und der Koffer kamen ins Schlafzimmer, die Eckwohnung hatte ein Fenster, das die Gasse und die Feuerleiter überblickte.

Sie kam heraus und fand Zach an seinem Platz vor, Hände in Bewegung, Headset auf dem Kopf, all seine Bildschirme voll mit verschiedenen Dingen.

»Was treibt unsere Zielperson?«

Zach deutete auf den Videobildschirm. »Montgomery hat den Sessel nicht verlassen, in dem er immer noch ein Buch liest.«

Sie betrachtete mit zusammengekniffenen Augen den Schinken in den Händen der Zielperson. »*Per Anhalter durch die Galaxis*? Was für komischer Mist ist das denn?«

Zach zuckte die Achseln. »Die Art Mist, die einen einfachen Job bedeutet.«

»Langweilig.« Während männliche Löwen gern die ganze Zeit schliefen – wobei der mürrische Zach keine Ausnahme bildete –, wollte sie dennoch an der Action teilhaben.

»Ich nehme an, du hast die Akte über Montgomery gelesen?« Sie verfiel dazu, ihn bei seinem Nachnamen zu nennen.

»Ja. Du auch?«

Noch nicht, aber sie hatte es vor. In diesen Tagen der Modernität war seine ganze Akte als verschlüsselte Datei auf ihr Handy geschickt worden. Sie zögerte es mehr hinaus als zu lesen, da sie es vorzog, zuerst ihren eigenen Eindruck zu bekommen, anstatt mit einer vorgefassten Meinung hineinzugehen.

Da es Wochenende war, arbeitete und duschte Montgomery nicht. Er spielte Videospiele. Versendete ein paar SMS. Aß Chips gegen fünfzehn Uhr und bestellte dann um siebzehn Uhr Abendessen. Es sah lecker genug aus, sodass Nora sich dasselbe besorgte.

Als sie ins Bett ging, war er vom Lesen zu Online-Casino-Spielen übergegangen. Beim Aufwachen erhielt sie einen Bericht von Zach, dass der Mann bis drei Uhr gespielt hatte.

Als sie an der Reihe war, schlief Montgomery bis mittags, dann stand er auf und las weiter. Aber dann, anstatt etwas zu essen zu bestellen, duschte er und zog sich an. Offensichtlich bereitete er sich darauf vor zu gehen. Was bedeutete, dass sie Zach wecken musste.

»Die Zielperson ist unterwegs«, sagte sie ihm.

»Verflucht. Okay, ich bin wach«, sagte der große Mann und rieb sich das Gesicht. »Wo geht er hin?«

»Wenn man bedenkt, dass er weder ein Fahrzeug besitzt noch ein Taxi gerufen hat, nehme ich an, nicht weit.« Und dann, weil sie gelangweilt war und nichts erreichte, entschied sie, dass es an der Zeit war, offiziell auf Montgomery zu treffen.

Sie zog sich schnell um und lief die Treppe hinunter in dem Wissen, dass sie den Aufzug schlagen musste. Als ihre Zielperson im Erdgeschoss ankam, streckte Nora in der Empfangshalle gerade den Hintern in die Luft, um sich zu dehnen.

Was sie nicht verstand, war die Wärme, die sie in dem Moment umgab, in dem sein Duft auf sie traf. Starke, würzige Seife und männlicher Moschus.

Lecker.

Mein.

Kapitel Zwei

Er war nur menschlich.

Peter blieb stehen und starrte den netten Hintern an. Fest und rund, umschlossen von einer dieser schwarzen Leggings, die alle so mochten. Perfekte Höhe zum Draufschlagen, wenn er ein Perverser wäre.

Er ging daran vorbei. Er wusste es besser, als sich mit jemandem einzulassen, der im selben Gebäude wohnte. Diesen Fehler hatte er vor drei Jahren gemacht. Eine Ex-Freundin, sturzbetrunken, die um drei Uhr morgens an seine Tür hämmerte, während die neue Freundin ihm einen blies, bedeutete, dass er nicht zum Ende kam.

Die Dame mit dem netten Hintern holte ihn ein, als er die Eingangstür öffnete. Ein Sinn für Höflichkeit, der selbst nach mehr als drei Jahrzehnten auf dieser Erde in ihn eingebrannt war, bedeutete, dass er sie aufhielt und deutete: »Nach dir.«

»Danke.« Sie schenkte ihm ein kleines Lächeln und einen abweisenden Blick, während sie sich Kopfhörer in die Ohren steckte. Dann lief sie los, joggte die Straße hinauf, diese festen Pobacken wie hypnotisierend.

Er folgte mit langsamerer Geschwindigkeit, wachsam gegenüber allem um ihn herum. Verdammt paranoid, obwohl ihm der Freund seiner Schwester versichert hatte, dass es nichts gab, worum er sich Sorgen machen müsste.

Als wüsste Lawrence das mit Sicherheit. Er mochte Peter vielleicht in diesem Krankenhaus gefunden und ihm geholfen haben, von den Drogen loszukommen, die dort in ihn reingepumpt wurden, aber sobald er wieder bei vollem Bewusstsein war, kehrten die Erinnerungen daran zurück, warum er überhaupt unter Drogen gesetzt worden war. Er konnte nicht einmal eine Schachtel Frosties ansehen, ohne einen Schauder zu bekommen.

Es hatte eine Zeit gegeben, in der ihn die reine Erinnerung an orangefarbene und schwarze Streifen in einen Schreikrampf von der Art verfallen ließ, die Männer in weißen Kitteln herbeirief, um ihn wegzusperren. In diesem gepolsterten Raum war er sicher. Der Tiger konnte ihn dort sicherlich nicht erreichen.

Irgendwann hörte die Panik auf. Er begann zu schlafen. Erinnerte sich an seinen Namen. Dann wurde er gefunden. Letzten Endes gerettet, und auch wenn er sich bewusst war, dass er ein Trauma erlitten hatte, behauptete er seiner Schwester und den Ärzten gegenüber, dass er sich an nichts erinnerte.

Er versicherte seiner Schwester Charlie, dass es ihm gut ginge. Sie lag ihm damit in den Ohren, einen Arzt aufzusuchen, um eine mögliche Posttraumatische Belastungsstörung zu diskutieren. Ein schreiender Albtraum und sie dachte, er hätte ein Problem. War es denn ein Wunder, dass er sich nach Charlies Flitterwochen-Kreuzfahrt – auf die er mitgeschleppt worden war – eine Wohnung weit weg von seiner Schwester suchte?

Er liebte sie, aber er konnte ihre Überfürsorglichkeit nicht ertragen. Und dann war da sein Lügen. Vor allem deswegen fühlte er sich schuldig. Sie hatte ihr Leben auf den Kopf gestellt und war nach Russland gereist, um ihn zu suchen. Hatte sich in Gefahr begeben. Das löste in ihm mehr als alles andere den Wunsch aus, die Uhr zurückdrehen zu können.

Aber was geschehen war, war geschehen. Jetzt ließ sich diesbezüglich nichts mehr tun. Er hatte überlebt. Charlie hatte als Resultat seiner Handlungen den Mann ihrer Träume getroffen, also da war ein Lichtblick. Seine Schwester würde ein glückliches Leben führen.

Was ihn anging ... er musste sich bedeckt halten. Zumindest für eine Weile, bis er sich sicher war, dass all seine Schwierigkeiten zu Ende waren. So weit, so gut. Er hatte seit seiner Ankunft in den Vereinigten Staaten keinen einzigen Tiger gesehen.

Seine Nachbarin drehte an der Ecke um und joggte zurück, fast ohne ihn zu bemerken, als sie vorbeilief.

Er drehte sich kurz um, um ihr nachzusehen.

Der Anblick war nett.

Sie kam erneut an ihm vorbei. Scheinbar zog sie es vor, ihrem Zuhause beim Joggen nahe zu bleiben. Er sah, wie sie erneut vorbeischoss, als er die Kneipe betrat, um zu Abend zu essen. Es machte ihn hungrig, ihr nur beim Sport zuzusehen.

Was Kneipen anging, passte diese in das übliche Bild; dunkel, schäbig, die Sitznischen hochlehnig und abgeschieden, wo sie an der Wand befestigt waren. Die Mahlzeiten waren tatsächlich anständiger, als das Dekor vermuten ließ. Er sollte nicht wählerisch sein, wenn man bedachte, was er in letzter Zeit gegessen hatte. In der Einrichtung, in der er ein paar Wochen mit dem Fangen unsichtbarer Schmetterlinge verbracht hatte, wurde besonders gern flüssiger, geschmackloser Haferbrei serviert. Wie er jedoch gelernt hatte, war sein Magen nicht wählerisch, wenn es ums Überleben ging.

Erst nachdem er seine Bestellung aufgegeben hatte, holte er sein Handy aus der Tasche und schaltete das VPN ein, um seine Aktivitäten zu verbergen. Das meiste davon waren harmlose Einkäufe. Eine zusätzliche Spielfernbedienung, mehr Kaffee für seine Maschine, beliebiges Zeug, das sich zu vielen winzigen Paketen von verschiedenen Orten häufte, einschließlich zweier Postfächer, die er vor einer Weile gemietet hatte. Über sein sicheres Bitcoin-Konto bezahlte er, damit die Post weitergeleitet wurde. Es und seine Einkäufe sollten zur gleichen Zeit ankommen, was die zwei Dinge miteinander vermischte, die er wirklich in die Finger kriegen wollte, trotz derer, die vielleicht zusahen.

Da sein neuer Schwager ihm geholfen hatte, die Wohnung zu bekommen, musste er sich fragen, ob seine Schwester von den Kameras darin wusste. Er hatte sie gleich am ersten Tag entdeckt. Gut versteckt. Bestehend aus neueren, getarnten Modellen. Aber sie machten den Fehler der drahtlosen Übertragung.

Signale konnten immer ausspioniert oder gehackt werden. In dem Wissen, dass jemand zusah, verbrachte Peter einige Zeit damit, sich sehr banal zu verhalten. Bisher hatte er Stunden des Spielens, Lesens und anderer langweiliger Dinge kreiert. Er wusste nie, wann er vielleicht eine virtuelle Kopie seiner selbst für Zuschauer anfertigen musste.

Was die Frage anging, wer ihn ausspionierte? Vielleicht war es Lawrence, der Verbindungen hatte, aber nicht darüber sprechen wollte. Hatte seine Schwester in die Mafia eingeheiratet?

Irgendwie cool, wenn sie es getan hatte, solange er sich nicht bei ihnen unbeliebt machte.

Er ließ den Blick zur Haupttür der Kneipe wandern, als ein riesiger Kerl hereinkam. Kurz rasiertes Haar und ein gepflegter Kinnbart, gebaut wie ein Linebacker. Peter starrte einen Moment in dem Versuch festzustellen, warum er ihm bekannt vorkam. Hatte er ihn nicht vor ein paar Tagen durch sein Wohnzimmerfenster gesehen, während er die Kartons zusammen mit der Frau auslud, die er hatte joggen sehen?

Einer seiner neuen Nachbarn. Er fragte sich, ob sie dieselbe Miete bezahlten wie er. Voll möblierte Wohnung für weniger, als er erwartet hätte, da sein Schwager den Vermieter kannte.

Peter nahm an, dass er mindestens fünfhundert Dollar unter Marktwerkt bezahlte, aber er beschwerte sich weder darüber noch über den Job, den Lawrence ihm in einem Buchladen besorgt hatte. Todlangweilige Arbeit, die ihm Deckung gab, um seine anderen Aktivitäten zu verbergen und den richtigen Augenblick abzuwarten.

Als er ein paar Stunden später bezahlte, bemerkte er, dass der Nachbar bereits gegangen war. Er spionierte ihn offensichtlich nicht aus. Genau wie er bezweifelte, dass die beiden Säufer – die ungefähr zur selben Zeit wie er angekommen waren und ihr zigstes Bier tranken – sich für ihn interessierten.

Paranoia war ein Schritt in Richtung des gepolsterten weißen Raumes und der kleinen Pillen, die ihn zum Sabbern brachten. Genau wie das Nachgeben des Dranges, zusammenzuzucken, wann immer er dachte, das Schnellen eines Schwanzes zu sehen. Oder sich den Albträumen zu ergeben, die ihn quälten.

Er würde tapfer sein. Es gab keine Tiger in der Stadt. Es war niemand da, um ihn zu verletzen.

Zumindest hoffte er das.

Als er die Kneipe verließ, traf er mit einem langen Schritt auf den Gehweg und ließ die wenigen anderen Fußgänger innerhalb des ersten Blocks hinter sich. Er stapfte weiter, die Hände in den Taschen, den Kopf gesenkt. Beide Seiten der Straße waren leer und dennoch fühlte er sich beobachtet. Die Haut zwischen seinen Schultern kribbelte.

Seine Hände spannten sich bei dem Geräusch von Schritten auf dem Bürgersteig an. Er hatte nichts, um sich zu verteidigen. Eine Waffe hätte ihren Zweck erfüllt, aber in den letzten Jahren waren die Gesetze in diesem Staat härter geworden. Jetzt gab es eine Wartezeit, bevor man legal eine Waffe besitzen durfte. Er hatte sich bereits beworben, aber diese Dinge brauchten Zeit. Wenn er etwas früher haben wollte, würde er in Kontakt mit der Unterwelt treten müssen, wo Geld die Welt regierte und die Auswahl nicht immer von den USA genehmigt war.

Nicht dass er etwas Großes oder Hartes bräuchte. Einfach einen Revolver, den er unter seine Jacke schieben konnte. Mit einem Kaliber, das groß genug war, um einen Elefanten niederzustrecken. Genug, damit er sich sicher fühlte.

Er ging an einem geschlossenen Elektrogeschäft vorbei. In dem großen Schaufenster gab es leuchtende Fernseher, die irgendeine Sendung mit einem hellblonden, Vokuhila-tragenden Kerl in einem Hawaiihemd zeigten, der einen Tiger umarmte. Furchterregend. Er konnte nicht umhin zu erschaudern, als er schneller ging.

Er hätte schwören können, dass er Schritte hörte, die ihn verfolgten. Als er stehen blieb, tat dies auch das Echo.

Vermutlich seine Einbildung, aber dennoch beschleunigte er seinen Schritt.

Plötzlich öffnete sich der Kofferraum eines am Straßenrand geparkten Wagens. Das Geräusch hätte genauso gut ein Schuss sein können.

Mit plötzlich hämmerndem Herzen schoss Peter in eine Gasse, wo ihn der schwere Gestank von Müll traf. Er hätte würgen können, aber er kämpfte sich hindurch. Da er sich die Strecke zu seiner Wohnung vorzeitig eingeprägt hatte, wusste er, dass dieser dunkle Gang zu einer hellen Durchgangsstraße und einem Donutladen führte, der bei den Männern in Blau sehr beliebt war.

Bumm. Bumm. Bekannte fleischige Geräusche der Gewalt, die ihn nur schneller laufen ließen.

Er erreichte die Straße am hinteren Ende, sah die roten und blauen Lichter auf einem Streifenwagen und seufzte erleichtert auf, bevor er über seine Schulter blickte, um ... dort niemanden zu entdecken. Ein weiterer falscher Alarm. Würde er den Rest seines Lebens damit verbringen, sich verängstigt über die Schulter umzusehen?

Er hoffte nicht. Beim Erreichen seiner Wohnung schloss er die Tür und verrammelte sie. Er wollte die Fenster kontrollieren, obwohl diese nicht erreicht werden konnten. Er widerstand dem Drang, auf die Knie zu gehen und unter der Couch nachzusehen.

Er konnte die, die zusahen, nicht erkennen lassen, wie nahe er dem Abgrund war.

Es war nicht spät genug zum Schlafengehen, also schrieb er seiner Schwester.

Anstatt zu antworten, rief sie an. »Peter, Peter, Freund der Lieder«, sang sie, wobei sie so glücklich klang.

»Wie geht es meiner Lieblingsschwester?«

»Ich bin deine einzige Schwester.«

»Willst du andeuten, dass du Konkurrenz brauchst, um die beste Schwester zu sein, die es gibt?«

Sie lachte. »Immer noch ein Idiot.«

»Ich hab dich auch lieb«, neckte er. »Gibt es einen bestimmten Grund, warum du anrufst?«

»Tatsächlich, ja. Es geht um diesen dämlichen Schlüssel, den wir in deiner Wohnung gefunden haben. Lawrence' Tanten haben mich deswegen wieder genervt.«

»Hast du ihnen gesagt, dass ich mich an nichts erinnere?« Es war der Satz, an den er sich immer und immer wieder hielt.

»Das habe ich, immer wieder, aber sie scheinen zu denken, du könntest dich vielleicht an etwas erinnern, wenn sie persönlich mit dir reden.«

Ja, klar. Er hatte genug von Lawrence' Familie und Freunden kennengelernt, um zu wissen, dass irgendetwas an der Gruppe nicht ganz stimmte. Nicht, was das Aussehen betraf. Er hatte nie einen fitteren, attraktiveren Haufen gesehen. Aber etwas an der Art, wie sie sich bewegten und die Welt und die Menschen um sie herum betrachteten, machte ihn verrückt.

»Ich wünschte, ich könnte helfen. Ich wusste nicht einmal, dass in meiner Wohnung ein Schlüssel versteckt war. Er muss dort von dem vorherigen Bewohner zurückgelassen worden sein.« Er log sich dumm und dämlich und spürte einen Stich, da er seine Schwester betrog. Zu seiner Verteidigung musste jedoch angemerkt werden, dass sie alles, was er ihr sagte, sofort an ihren Mann weitergeben würde, und dann wäre die Situation sehr angespannt.

»Wenn du das sagst«, war ihre skeptische Antwort.

»Ich muss Schluss machen. Ich arbeite morgen.« Es war mehr so, dass er es hasste, Charlie anzulügen. Er legte auf. Dann, wegen dieser verdammen Kameras, musste er so tun, als wäre er nicht aufgewühlt.

Das Problem war jedoch, er *war* verdammt noch mal aufgewühlt. Es gab nur eine Sache zu tun.

Er suchte nach jungen Kätzchen.

Was vielleicht ein wenig seltsam klang, bis man es versuchte. Etwas an den süßen kleinen Fellknäulen war entspannend und beruhigte ihn. Vielleicht würde er eines Tages eins adoptieren und sein Haus zur Beruhigung nicht verlassen müssen. Heute war nicht dieser Tag.

Er fand einen Schoß voller Fellknäule in einer Gasse, nicht weit entfernt von der Reinigung. Er streichelte die kleinen schnurrenden Körper und konnte nicht umhin, an den Schlüssel zu denken, der in seiner Wohnung in Russland gefunden worden war. Alle wollten ihn in die Finger bekommen.

Sollten sie doch. Wenn sie die Wahrheit herausfanden, hielt er den Schatz hoffentlich bereits in den Händen.

Kapitel Drei

Nora erfuhr erst am nächsten Morgen von der versuchten Montgomery-Entführung. Nachtschicht-Zach, der die Überwachung übernommen hatte, damit sie schlafen konnte, dachte nicht daran, sie zu wecken.

Er erzählte ihr während des Proteinshakes davon, den er ihr zum Frühstück gemacht hatte. Etwas Widerliches, voll mit Zeug, das in einen Kaninchenkäfig gehörte, um die Tiere zu mästen. Letzten Endes bespuckte sie ihn mit diesem grünen Glibber, als sie rief: »Was zur Hölle? Warum hast du mich nicht geweckt?«

»Ich habe den Sinn darin nicht gesehen, da ich ihren Versuch abgewehrt habe.« Zach tupfte an dem Schleim, der an seinem Hemd hinunterlief.

Es schien sich nicht durch den Stoff zu fressen.

Noch nicht. Ihr Bauch allerdings ... er rebellierte gegen so viel gesundes Zeug auf einmal.

»Bist du sicher, dass sie hinter ihm her waren?«, fragte sie.

»Es schien so. Der Kofferraum dieses Wagens wurde geöffnet, kurz bevor Montgomery vorbeigegangen wäre. Es saßen zwei Kerle im Fahrzeug, einer vorne, einer hinten. Der Kerl auf der Rückbank ist in dem Moment aus dem Wagen gesprungen, in dem unser Junge die Gasse betrat.«

»Dieselbe Gasse, in der du dich versteckt hast?«

Er nickte. »Gut, dass ich bereits von der Feuerleiter aus zugesehen habe.«

»Wo hast du die Täter untergebracht? Ich will mit ihnen reden.«

»Ich habe sie nicht.« Seine Lippen verzogen sich nach unten. »Ich habe den Kerl von der Rückbank k. o. geschlagen und hätte den von vorn auch fertiggemacht, wenn nicht ein Streifenwagen in die Straße gebogen wäre.«

Da eine Festnahme überhaupt nicht infrage kam, war Zach wieder in die Gasse gesprungen und hatte zugesehen, wie der Fahrer seinen Freund wegbrachte.

Sie trank versehentlich einen Schluck des giftigen grünen Zeugs und schaffte es, es zu schlucken, anstatt zu würgen. Ihr Ex-Freund wäre beeindruckt. »Hast du das Kennzeichen?«

»Ja. Und ich habe es bereits geprüft. Es ist gefälscht.«

»Was ist mit Montgomery? Ist er sich dessen bewusst, was passiert ist? Hat er dich gesehen?«

»Nein und nein. Er hat es sicher zu seiner Wohnung zurückgeschafft.« Er zeigte auf den Bildschirm.

Montgomery stand gerade auf, in nichts als schwarze Boxershorts gekleidet. Wesentlich attraktiver als diese ausgebeulten Shorts, die manche Kerle als Unterwäsche trugen.

Wenn Montgomery seiner Routine folgte, wäre er ungefähr fünfundvierzig Minuten im Bad und würde geduscht und von der Taille ab in ein Handtuch gewickelt herauskommen. Für einen Menschen hatte er einen respektablen Körper. Schlank. Zu schlank eigentlich, und muskulöser, als es ein überwiegend sitzender Kerl wie er sein sollte.

Beinahe so faszinierend wie das unter dem Handtuch verschwindende V waren die Narben. Weiße Streifen auf seinem ganzen Körper. Alte, verheilte Narben, aber wodurch verursacht? Sie deuteten an, dass er die letzten sechs Monate nicht in luxuriösen Verhältnissen verbracht hatte, aber niemand wusste, wo er gewesen war.

Nora hatte über seiner Akte gegrübelt. Sie malte ein interessantes Bild.

Peter Montgomery hatte ein Vorstrafenregister. Diebstahl stand auf seiner Liste ganz oben. Nichts Gewalttätiges oder wirklich Verdorbenes. Er mochte jedoch Antiquitäten. Nicht als Sammler, sondern als

Person, die sie beschaffte und dann für das verkaufte, was die Kunstwelt als ihren Wert erachtete. In der Vergangenheit hatte es zwei Gerichtsverfahren wegen Betrugs gegen ihn gegeben. Er hatte jemandem etwas für wenig Geld abgekauft, obwohl er wusste, dass es sehr wertvoll war. Nicht gerade ein Verbrechen, wenn auch unmoralisch, wie ein Richter behauptete, bevor er den Fall verwarf.

Die Haftzeit hatte er für einen schiefgelaufenen Raubüberfall abgesessen, bei dem er als Angeschmierter zurückgeblieben war. Er wurde aus dem Gefängnis entlassen und später verschiedener Verbrechen verdächtigt, aber nichts Konkretes. Dann, vor ungefähr sechs Monaten, war er geschäftlich nach Russland gereist. Die Art der Geschäfte wurde nie ermittelt. Er war so lange vermisst gewesen, dass seine Schwester ihm nachreiste, um nach ihm zu suchen. Sie fand Montgomery nicht, aber sie wurde in ein Rätsel verwickelt, das einen Schlüssel beinhaltete, der in seiner Wohnung in Russland gefunden worden war.

Ein Schlüssel, an den er sich angeblich nicht erinnerte. Ein Verschwinden, das ihn mit Amnesie zurückgelassen hatte. Und Narben ...

Man musste nicht neugierig sein, um zu erkennen, dass an der ganzen Sache etwas verdächtig war.

»Was verbirgst du?«, murmelte sie, bevor sie sich bereit machte, um zur Arbeit zu gehen.

Sie platzierte sich gerade rechtzeitig und kontrollierte den Briefkasten, als er im Erdgeschoss aus dem

Aufzug stieg. Er ging ohne ein Wort des Grußes und dreißig Sekunden später tat sie es ihm gleich. Im hellen Tageslicht mit Menschen in der Nähe war ein Angriff weniger wahrscheinlich. Besonders, da Zach erst in der Nacht zuvor einen vereitelt hatte. Wer auch immer Montgomery im Visier hatte, würde sich neu aufstellen müssen.

Er musste nicht weit gehen, bevor er einen Buchladen betrat, der zu seinem unbeholfenen Zeitvertreib passte, seit sie mit der Spionage begonnen hatte, aber nicht zu seinem Portfolio aus Verbrechen. Welcher war der reale Mann? Der Kerl, der clevere Raubüberfälle durchgezogen hatte, oder der, der vermutlich Würfel und einen Zaubererumhang besaß?

Da er bei der Arbeit war, war es für sie an der Zeit, ihren neuen Job zu beginnen. Sie betrat die Metzgerei, in der Wurstwaren zusammen mit dem frischeren Zeug verkauft wurden. Sie befand sich dem Buchladen gegenüber und war im Besitz einiger Panther-Gestaltwandler unter Rudelschutz. Die Eigentümer hatten zugestimmt, sie so tun zu lassen, als würde sie für sie arbeiten. Es bot Möglichkeiten, nach draußen zu gehen, um das große Schaufenster zu reinigen. Eine Stunde später fegte sie den Bürgersteig und achtete darauf, wer zu lange parkte. Wer herumlungerte. Jedes Mal wenn jemand seinen Laden betrat, bekam sie ein Alarmzeichen, und sie wurde auch benachrichtigt, wenn die Tür zur Gasse sich öffnete. Melly hatte besondere Sicherheitsmaßnahmen installiert, um Nora dabei zu helfen, den Überblick über die zu behalten, die kamen und gingen. Es war lebhafter Verkehr, als sie für so einen kleinen Laden erwartet hätte. Nora hatte es nicht wirklich mit dem Lesen, aber sie mochte Videospiele. Ego-Shooter und Kampfszenarien waren ihr am liebsten.

Was zufällig das war, was ihre Zielperson spielte.

Nicht dass sie sich um seine Vorlieben scherte. Er war ein Job.

Als er den Laden gegen Mittag verließ, begann sie, ihre Schürze aufzuknoten, nur um zu bemerken, dass er die Straße überquerte. Scheiße, er kam ins Geschäft.

Warum? Hatte er sie bemerkt? Wie sollte sie damit umgehen?

Vermutlich, indem sie so tat, als würde sie tatsächlich hier arbeiten. Sie beschäftigte sich hinter der Theke und richtete die Käsescheiben aus, denn, na ja, ein gutes Sandwich brauchte sie ordentlich, oder nicht?

Er würde sie sicherlich für eine Idiotin halten. Als Nächstes würde sie die Wurstscheiben in Ordnung bringen.

Sie nahm ihre Hände hinter den Rücken. »Hallo und willkommen. Kann ich Ihnen helfen?« Die Standardbegrüßung, die sie oft beim Betreten eines Geschäfts gehört hatte.

»Hey. Kenne ich dich nicht?«

Angesichts der Tatsache, dass sie einander ein paarmal im Gebäude begegnet waren, war Lügen außer Frage. »Vielleicht. Wohnst du hier in der Nähe?«

»Das ist es.« Er hob seinen Finger in einem Aha-Moment. »Du bist die neue Nachbarin.«

»Bin ich das?« Sie machte auf ungezwungen.

»Du joggst gern und dein Freund steht auf Computer.«

Also hatte er es bemerkt. »Stalkst du alle deine Nachbarn oder bin ich nur besonders?«, summte sie und lehnte sich über die Theke.

Die Frage warf ihn aus der Bahn, aber nicht lange. »Du machst Sport und bereitest Essen zu. Natürlich habe ich es bemerkt.«

Sie lachte. »Du nimmst an, ich kann kochen.«

»Kannst du es nicht?«

»Nicht wirklich. Aber ich mache einen fantastischen Toast.«

»Du machst mir wegen des Mittagsangebots Angst.«

»Wir haben ein Angebot?«, platzte sie heraus. Sie hatte es studiert, und dennoch konnte sie sich nicht daran erinnern, was es war. Seine Anwesenheit verwirrte sie seltsamerweise.

Er zeigte auf etwas und sie drehte den Kopf, um eine Tafel zu entdecken. Darauf stand in großen Buchstaben der Name des Angebots und was es beinhaltete: einfaches Sandwich, Getränk und eine Beilage.

»Oh, du meinst dieses Angebot.« Toll gemacht. Sie

hielt ihre Hände hinter dem Rücken verschränkt. »Was soll es denn sein?«

»Ich bin mir nicht sicher. Was empfiehlst du?«

Er wollte eine Empfehlung? Scheiße. Hatten sie eine Karte? Sie spähte hinter sich. Sah nichts.

Er räusperte sich. »Ich nehme an, du bist neu.«

»Woher weißt du das?«, war ihre sarkastische Antwort.

»Dann lass mich dir helfen. Ich sage dir, was in das Sandwich gehört, und du bereitest es zu.«

»Du, ein Mann, willst, dass ich, eine Frau, dir ein Sandwich zubereite? Ich sehe, das Patriachart ist lebendig.«

Er verschluckte sich und bedeckte seinen Mund mit einer Hand. »Ich nahm nur an, dass es Teil deines Jobs sei, da du hinter der Theke stehst und die Hygienegesetze es einem Kunden verbieten, sich selbst zu bedienen.«

»Ich nehme an, in diesem Fall ist es in Ordnung«, sagte sie mürrisch, denn sie wollte wirklich nicht, dass diese Erwartung von ihr, etwas zu essen zuzubereiten, bestehen blieb. Sie mochte ihre Nahrung fertig.

»Danke? Denke ich«, kam seine verwirrte Antwort. Er nahm sich einen Moment, um die Auswahl an Wurstwaren zu betrachten, die Hände in die Hosentaschen geschoben, die Haare zerzaust, als wäre er in starken Wind gekommen. Vielleicht das Umblättern von Buchseiten?

»Ich nehme Pastrami auf Roggenbrot, wenig Senf,

mit Cheddar bitte. Und eine Tüte Chips.« Er zeigte auf die Auslage.

Schien einfach zu sein. Während sie das Brot holte, dachte sie daran, sich die Hände zu waschen, überwiegend, da sich ein Schild direkt über dem Brot befand, das sie quasi anschrie: »Hände waschen!« Direkt über dem kleinen Waschbecken befand sich eine Schachtel mit Handschuhen. Igitt. Sie führte doch keine Rektaluntersuchung an einem Sandwich durch, sie bereitete es nur zu.

An dem messerschwingenden Teil hatte sie Spaß, sie warf das Brötchen in die Luft und versuchte, es zu schneiden, nur die stumpfe Klinge scheiterte. Das Brötchen fiel, traf auf den Rand der Theke und landete auf dem Boden. Sie beäugte das Brötchen und dann Montgomery. »Ich nehme an, ich sollte ein frisches holen?«

Er klang recht heiser, als er sagte: »Ja, bitte.«

Diesmal hielt sie das Brötchen fest und sägte es zackig in zwei Hälften. Sie machte sich die geistige Notiz, ein schärferes Messer mitzubringen.

»Das ist nicht Roggen.«

»Finde dich damit ab.« Sie beäugte das Vollkorninnere. Was jetzt? Sie betrachtete die Auswahl an Flaschen und hielt die Hand in der Luft, bis er sagte: »Ich mag es mit Senf zuerst im Zickzack-Muster.«

Sie nahm die gelbe Flasche in der Hoffnung, richtig geraten zu haben, und einfach aus Trotz machte sie einen großen Kreis auf jede Hälfte. Dann, als Zugabe, fügte sie mit großer Geste ein N hinzu.

»Wofür steht das N?«, fragte er.

»Nora.«

»Gut zu wissen. Als Nächstes fügen wir ein wenig Gemüse hinzu.«

Sie rümpfte die Nase. »Willst du es wirklich so ruinieren?«

»Was schlägst du vor?«

»Käse. Dann Fleisch. Spar nicht am Fleisch!« Sie warf insgesamt drei orangefarbene Käsescheiben drauf. Wer schnitt sie so dünn?

Er redete, während er ihr dabei zusah, wie sie die Pastrami – die eine Beschriftung hatte! – so aufschichtete, wie sie sie gern essen würde. Dick, um den relativen Brotanteil zu reduzieren.

»Also joggst du gern.«

»Schuldig«, sagte sie und fügte noch mehr Fleisch hinzu, da das Brot dick war. Sie beäugte eine Gurke und fragte sich, ob sie es wagen sollte, sie oben draufzulegen. Es zählte als Gemüse, was er vielleicht mögen würde. Als würde sie sich darum scheren. Dennoch ... Sie warf ein paar Gurken darauf, dann hob sie das Sandwich hoch, um es ihm zu geben.

»Willst du es nicht zuerst einpacken?«

»Du bist kompliziert«, grummelte sie, als sie dem Prozess noch einen weiteren Schritt hinzufügte. Wer hätte gedacht, dass es so lange dauert, etwas zu essen zuzubereiten? Kein Wunder, dass sie vorzog, wenn es für sie gemacht wurde.

Als sie das Sandwich auf das Papier legte, fragte sie sich, wo sie die größeren Teile aufbewahrten, da es nicht groß genug war, um es drumherum zu wickeln.

»Wo kommst du ursprünglich her?« War er heute nicht eine kleine Plaudertasche?

»East End.« Theoretisch wahr, der falsche Teil war nur, dass sie nicht wirklich umgezogen war. All ihre Sachen verblieben in ihrer Eigentumswohnung, wie zum Beispiel ihr Bett, welches sie wirklich vermisste.

»Und du wohnst im Stockwerk unter mir mit deinem Freund.«

Vielleicht war es die Langeweile, die sie schnurren ließ: »Warum fragst du? Interessiert?« Sie beugte sich vor und klimperte mit den Wimpern. Mit einem tiefer ausgeschnittenen Hemd hätte es besser funktioniert, und vielleicht ohne den Gestank von Fleisch an ihr, als sie ihm sein Sandwich reichte, mumifiziert mit mehreren Stücken Papier.

»Interessiert?« Er erschien erschrocken. »Verdammt, nein.«

»Das ist ein wenig gemein.« Sie konnte nicht anders, als unzufrieden zu schmollen.

»Nicht deinetwegen. Ein Mann müsste dumm sein, um deinem kühlschrankgroßen Partner in die Quere zu kommen.«

Ihre Lippen zuckten. Das war ein berechtigtes Argument. »Glücklicherweise für dich ist Zach nicht der eifersüchtige Typ.« All die Jobs, die sie gemeinsam erledigt hatten, und nicht einmal hatte es den geringsten Funken gegeben.

»Du würdest deinen Freund betrügen?« Er, der Berufsverbrecher, klang schockiert.

Sie rollte ihre Schultern. »Wir haben eine Abmachung.«

Er prustete. »Nun, darauf würde ich nie stehen.«

»*Worauf* stehst du denn?« Sie gab dem Ganzen einen rauchigen Unterton.

»Ich stehe darauf, den Rest meines Mittagessens zu bekommen. Ich nehme diese BBQ-Chips und eine Flasche Eistee.«

»Jeder weiß, dass Salz und Essig die besten sind«, sagte sie, als sie die Sachen holte und ihm reichte.

»Daran werde ich nächstes Mal denken. Wir sehen uns später, Nora.« Er warf einen Zehner auf die Theke und ging hinaus.

Sie lief ihm beinahe hinterher.

4

Kapitel Vier

AN DIESEM NACHMITTAG FRAGTE NORA SICH, was er mit später meinte. Heute? Morgen? Vielleicht sagte er es nur, weil man das so sagte. Nicht, weil er es meinte.

Sie hatte es gründlich vermasselt. Wie konnte sie ihm nahekommen, wenn er nichts mit ihr zu tun haben wollte?

Seine Ablösung erschien um siebzehn Uhr. Doch anstatt nach Hause zu gehen, überquerte Montgomery erneut die Straße zur Metzgerei.

»So schnell zurück?«, fragte sie locker, als er hereinkam.

»Was soll ich sagen, der Service ist makellos.«

Sie prustete beinahe. »Willst du noch ein Sandwich?« Sie hatte inzwischen gelernt, dass sie das Brötchen nicht sieben Zentimeter dick mit Fleisch belegen sollte. Pamela, die Besitzerin, wäre beinahe in

Ohnmacht gefallen, als sie die Größe der Sandwiches sah, die Nora zubereitete.

»Dieses Sandwich war unglaublich. Aber heute Abend hätte ich lieber etwas anderes. Ich bin in der Stimmung für Steak.« Er zeigte auf ein in Speck eingewickeltes Filet Mignon. »Zwei davon und zwei von den doppelt gefüllten Ofenkartoffeln.«

Genug, um einen Snack für sie abzugeben, aber für einen Menschen? Zwei Portionen konnten bedeuten ... »Heiße Verabredung heute Abend?«, fragte sie.

»Nein. Nur sehr hungrig.«

»Vielleicht solltest du auch ein Sandwich nehmen, nur für den Fall.«

»Das, welches du mir zum Mittagessen gemacht hast, war ziemlich groß. Aber gut. Vielleicht noch eins als Snack.«

Pamela kam mit einem Knurren aus dem hinteren Teil. »Du bist fertig. Ich mache das. Du kannst gehen.«

»Super. Wir sehen uns«, sagte sie zu Peter und zog ihre Schürze aus.

Als sie sich zum Gehen wandte, klingelte die Glocke über der Tür und eine Frau kam herein. Sie strahlte in dem Moment, in dem sie Montgomery sah.

»Peter!«

»Hey, Heather. Wie geht's?«

Heather klimperte mit den Wimpern, als versuchte sie abzuheben. »Gut. So schön, dich wiederzusehen.«

Und der Idiot, der Nora gründlich zurückgewiesen hatte, weil sie einen Scheinfreund hatte, schenkte

Heather ein Lächeln mit Grübchen. »Das finde ich auch. Wir sollten wirklich mal diesen Drink zusammen nehmen.«

Heather wartete kaum darauf, dass er den Satz beendete. »Wie wäre es mit Freitag nach der Arbeit? Zuerst Abendessen?« Ihre Wimpern klimperten so heftig, dass Nora jeden Moment den Abflug erwartete.

Sie konnte es nicht länger hinauszögern, ohne es offensichtlich zu machen, dass sie starrte. Sie nahm die Schürze ab, packte ihre Handtasche und ging zur Tür. Montgomery sprang nach vorn, um sie ihr aufzuhalten.

»Danke«, murmelte sie und drückte sich an ihm vorbei. Bewusstsein erfüllte sie und in ihr war ein Grollen.

Lecker.

Ihre innere Katze musste das Steak meinen, das sie riechen konnte. Vielleicht hätte sie auch ein wenig Essen bestellen sollen. Aber das würde bedeuten, wieder hineinzugehen und Montgomery dabei zuzusehen, wie er mit dieser geistlosen Brünetten flirtete.

Jeder wusste, dass Blondinen besser waren. Richtige Blondinen. Sie warf den Kopf zurück.

Sie machte einen Abstecher in das chinesische Restaurant nebenan, gab eine Bestellung auf und stand in der Nähe des Fensters, um Ausschau zu halten, während sie wartete. Montgomery kam mit der Tüte in der Hand heraus und sprach immer noch mit Heather. Vermutlich, um ihre Pläne für eine Verabredung zu konkretisieren.

Grrr.

»Es ist fertig.« Zwei braune Tüten wurden ihr entgegengeschoben. Sie hatte darauf geachtet, auch für Zach etwas zu holen. Mit je einer Tüte in der Hand verließ sie den Laden, wobei sie absichtlich nicht zu Montgomery sah, der immer noch mit Heather plauderte.

Was konnten sie nur zu bereden haben?

Doch sie bekam schon bald Gesellschaft, da Montgomery plötzlich an ihrer Seite erschien.

»Chinesisch? Du lässt mich meine Steak-Entscheidung überdenken.«

»Was isst denn deine *Freundin*?« Sie hätte sich für den Tonfall ohrfeigen können, den sie diesem Wort gab.

»Heather? Definitiv nicht als Freundin geeignet.«

»Ich dachte, ihr würdet euch für Freitag verabreden.« Zu spät erkannte sie, dass es zeigte, dass sie zugehört hatte.

»Ein Mann hat Bedürfnisse.«

»Du würdest sie für Sex benutzen?«

»Wir würden einander benutzen. Keine große Sache.«

»Wenn Sex keine große Sache ist, warum dann mich herabwürdigen, als ich sagte, Zach und ich würden eine offene Beziehung führen?«

»Weil zwangloser Sex eine Sache ist. Wenn eine dritte Person involviert ist, wird es chaotisch.«

»Na gut.« Sie war schon Zeuge von Eifersucht

geworden. Selbst hatte sie nie sehr darunter gelitten, obwohl sie auch eine wetteifernde Ader hatte.

»Also, was macht dein Freund mit all diesen Computern?«

»Er ist Programmierer.«

»Und kann von zu Hause arbeiten, was schön ist. Den ganzen Tag im Schlafanzug und niemand stiehlt einem das Essen aus dem Kühlschrank.«

»Ich dachte, du würdest allein arbeiten.« Das rutschte ihr so raus, aber er schien nicht zu bemerken, dass sie aufmerksam gewesen war.

»Wie hast du den Job in der Metzgerei gefunden?«

»Familiäre Verbindung«, erklärte sie mit einem Achselzucken.

»Ja, bei mir auch. Der Mann meiner Schwester hat mir damit und mit der Wohnung geholfen.«

»Ich muss sagen, ein Buchladen wäre nicht meine erste Wahl gewesen.« Sie rümpfte die Nase.

»Sagt die Frau, die Fleisch schneidet.«

»Ich mag Fleisch. Die Art, wie es sich in meinem Mund anfühlt. Den Geschmack. Das Kauen und die Saftigkeit.« Sie warf ihm aus dem Augenwinkel einen Blick zu. Er erwiderte ihn mit einem halben Grinsen.

»Ich stehe eher auf Süßigkeiten. Es gibt nichts Besseres, als etwas Köstliches zu lecken, vielleicht saugen und genießen.«

Würde er sich wehren, wenn sie ihn in die Gasse zog, um ihn um eine Demonstration zu bitten?

Keine Spielchen mit ihrer Zielperson. Was, wenn sie ihn kaputt machte?

»Ist es dein Traumjob, Buchverkäufer zu sein?«, fragte sie, um die Unterhaltung in eine andere Richtung zu lenken.

»Nein, das wäre das Liegen am Strand.«

»Ich bin mir nicht sicher, wie du damit deinen Lebensunterhalt finanzieren willst.«

»Geld ist das Einzige, was mich zurückhält«, sagte er und hielt ihr die Tür zu ihrem Gebäude auf.

»Bist du der Typ, der Lotto spielt, in der Hoffnung, plötzlich reich zu werden?«

»Vergiss die Hoffnung. Ich werde eines Tages wohlhabend sein. Ich wünsche dir noch einen schönen Abend, Nora.« Er blieb am Briefkasten stehen.

Da sie heute Morgen nachgesehen hatte, dachte sie, es sähe vielleicht seltsam aus, wenn sie es erneut täte. Stattdessen ging sie zur Treppe, verweilte aber kurz hinter der Tür und lauschte, nur für den Fall, dass jemand Montgomery hineinfolgte.

Sie hörte den Aufzug klingeln, als die Türen sich öffneten. Dann ein Summen, als er sich bewegte. Ein kurzer Blick zeigte, der Eingangsbereich war leer.

Bei der Ankunft in ihrer Wohnung stellte sie das chinesische Essen ab und holte einen Teller raus, um etwas davon darauf zu füllen. Als sie mit vollgehäuftem Teller zu den Bildschirmen wanderte, erkannte sie, dass ihre Zielperson nicht in ihre Wohnung gegangen war. Die Bildschirme zeigten keinerlei Bewegung, weder in der Wohnung noch im Flur. Und der Aufzug war ebenfalls leer.

»Verflucht!«, rief sie. Montgomery hatte sie abgehängt.

Schnell ging sie wieder hinaus und lief die Treppe hinunter, wobei sie langsamer machen musste, um nicht auf die Straße zu stürzen. Sie blickte in beide Richtungen und sah keine Spur von ihm.

Arik würde ihr den Kopf abreißen, sollte sie Montgomery verloren haben. Zum Teufel, sie selbst war gerade nicht allzu sehr von sich beeindruckt.

Sie fing seinen Duft ein, schwach, aber präsent, und folgte ihm in die entgegengesetzte Richtung derer, aus der sie soeben gekommen waren. Er führte zum Spirituosenladen und bevor sie so tun konnte, als würde sie vorbeigehen, kam er heraus, wirkte erschrocken und sagte: »Hey.«

Sie beäugte die braune Tüte mit Fleisch in seiner Hand und die Plastiktüte mit dem Logo des Ladens darauf. Er hatte sich Alkohol gekauft. Sie verbarg schnell ihren Ausrutscher. »Zwei Doofe, ein Gedanke, wie ich sehe.« Sie schenkte ihm ein schwaches Lächeln. »Was trinkst du am liebsten?«

»Rotwein mit den Steaks. Und du?«

»Ich glaube, es ist ein guter Abend für Margaritas.«

»Viel Spaß.« Er schlüpfte seitlich vorbei und sie konnte das entweder schlimmer machen, indem sie ihm folgte, oder sie konnte so schnell wie möglich rein- und wieder rausgehen. Es dauerte dennoch ein paar

Minuten und als sie den Spirituosenladen verließ, war Peter wieder verschwunden. Doch als sie diesmal in die Wohnung zurückkehrte, entdeckte sie ihn auf dem Bildschirm, wie er seine Steaks und die Kartoffeln in der Küche zubereitete und sich währenddessen ein Glas Rotwein einschenkte. Es ließ ihr das Wasser im Mund zusammenlaufen, trotz des chinesischen Festmahls, das um sie herum ausgebreitet war.

Als er sich zum Essen hinsetzte, hätte sie schwören können, dass er in die Kamera in der Ecke beim Lüftungsschlitz sah. Er hielt sein Glas ein wenig länger als nötig in die Luft, als würde er anstoßen. Und er zwinkerte.

Wusste er, dass jemand zusah? Unmöglich.

Aber am nächsten Tag wunderte sie sich erneut, denn als sie nicht sah, wie Montgomery nach dem Ende seiner Schicht den Laden verließ, ging sie in den Buchladen, nur um festzustellen, dass er ihr schon wieder entwischt war.

Er war über zwei Stunden vermisst. Er kehrte mit einer Tüte Essen zurück und sie hätte schwören können, dass er grinste, als er sich in seinem Sessel zurücklehnte und die Kamera beäugte.

Oh ja, er wusste es.

Mist.

5

Kapitel Fünf

ER BEFAND SICH IN IRINAS HAUS UND TRAT DEM Tiger entgegen.

Erneut.

Er wusste, dass es ein Traum war, mehr wie eine Rückblende, eine, die sich gern immer und immer wiederholte.

Dann saß er im Wagen. Der Tiger sprang und verpasste irgendwie seine Motorhaube. Er wich aus, um ihn nicht zu treffen, und raste los. Er sah immer wieder in den Rückspiegel, in der Erwartung, jede Sekunde eine orangefarbene und schwarze Katze hinter sich zu sehen.

Unmöglich. Ein Tiger konnte nicht mit der Geschwindigkeit eines Fahrzeugs mithalten. Dennoch nahm er den Fuß nicht vom Gas, bis er die hellen Lichter der Stadt erreichte. Zu dieser Nachtzeit dauerte die Fahrt nicht lange, auch wenn sich das Parken auf der Straße als Herausforderung herausstellte. Schließlich betrat er seine Wohnung, ohne einen einzelnen Tiger zu sehen.

Er holte den Schlüssel heraus. Das Metall war sehr kalt, sodass er es nicht lange halten konnte. Er ließ ihn klirrend auf den Tisch fallen und ging zu Bett.

Am nächsten Tag wachte er am späten Morgen auf. Er spähte aus dem Fenster und sah gegenüber einen Kerl, dem eine Zigarette von den Lippen hing und der in seine Wohnung hineinzustarren schien. Nicht dass er irgendetwas erkannt hätte, das grelle Licht hielt ihn davon ab. Peter hielt die Augen offen und hätte schwören können, dass derselbe Kerl an verschiedenen Stellen rauchte und zusah. Zuerst mit einer Kappe, dann in einem Kapuzenpullover und dann mit nichts als seinem kahlen Schädel.

Er sagte sich, dass er paranoid war. Niemand spionierte ihn aus.

Er schickte eine Nachricht an die Leute, die den Schlüssel kaufen wollten. Sollten sie ihn haben. Er konnte es nicht ertragen, ihn lange zu berühren. Lustig, dass ihm der falsche Schlüssel, den er hatte anfertigen lassen und der dem Original im Aussehen so ähnlich war, nicht dasselbe Gefühl auslöste. Er brachte ihn nicht zum Zittern.

Die Käufer antworteten mit Anweisungen, doch in dem Moment fingen sie an, Mist zu bauen. Anstatt die Hälfte jetzt zu bezahlen und die andere Hälfte bei Übergabe, wollten sie nun die volle Summe erst zahlen, sobald sie im Besitz des Schlüssels waren. Für ihn roch das nach einem Doppelspiel. Er lehnte ab. Die Hälfte jetzt oder es gab keinen Schlüssel.

Das Geld traf kurz darauf ein, aber sein Vertrauen war verschwunden. Er wickelte den Schlüssel in einen benutzten Slip, steckte diesen in einen Umschlag und schickte ihn an sich selbst in den Staaten. Die Rücksendeadresse war die einer Prostituierten, die auch ein Nebengeschäft mit getragener Wäsche führte.

Der falsche Schlüssel wurde in einem Versteck untergebracht. Für den Tag nach der Übergabe hatte er einen Flug nach Hause gebucht. Schon morgen Abend würde er in einem Flugzeug sitzen.

In dieser Nacht wachte er durch schweres Atmen auf.

Schnaub. Schnaub. Schnaub.

Es erinnerte ihn an ein Tier. Unmöglich. Es sei denn, eine Ratte war in seine Wohnung eingedrungen.

Schnaub. Schnaub. Schnaub.

Er verhielt sich albern. Niemand konnte hier drin sein. Er hatte die Tür und die Fenster abgeschlossen. Es war vermutlich etwas Dämliches wie manchmal bei Amerikas lustigste Heimvideos, wenn der Verstand allerhand seltsame Dinge zusammenspann aufgrund von Geräuschen, die sich als harmlos entpuppten.

Nur für den Fall jedoch griff er nach der Waffe unter seinem Kissen, woraufhin etwas auf ihn traf. Zähne streiften seine Kehle, Pfoten mit Krallen drückten auf seine Schultern.

In seinem Traum erlebte er immer und immer wieder das unmännliche Wimmern, das ihm entwich. Erlebte den Schreck.

Der Tiger hatte ihn gefunden.

Es wäre einfacher gewesen, wenn er ihn dort auf der Stelle zerfleischt hätte.

Der Traum lief an diesem Punkt immer schneller, bis er sich im Käfig wiederfand. Zu niedrig, um stehen zu können. Ein Eimer stand in einer Ecke. Und am besorgniserregendsten von allem war, dass die alte Dame davorstand, in einen Bademantel gewickelt, das Haar zerzaust, der Blick entrückt.

Aber es waren die Dinge, die sie ihm antat, die Dinge, von denen sie ihn denken ließ, er würde sie sehen ...

Peter wachte in seine Decke eingewickelt auf. Schwitzend. Mit hämmerndem Herzen. Fest im Griff der Angst. Er brauchte einen Moment, um sich nach diesem Albtraum zu beruhigen.

Nichts Neues. Scheinbar recht normal, wenn man bedachte, dass er etwas Traumatisches durchgemacht hatte. Bla, bla. Er wollte einfach aufhören, ständig Angst zu haben.

Auf der anderen Seite könnte ihm seine Paranoia auch das Leben retten. Er dachte, er würde wieder verrückt werden, als er den Eindruck bekam, dass die neuen Nachbarn ihn ausspionierten. Um sich das Gegenteil zu beweisen, machte er einen kleinen Test.

Er beschloss, in den Spirituosenladen zu gehen, wobei er Nora zurückließ.

Während er nach einer Flasche suchte, hatte er sich gefragt, ob sie diejenige sein würde, die ihm folgte, oder ihr kräftiger Partner. Oder er lag falsch und sie spionierte ihn nicht aus, sondern war nur eine gern flirtende Frau – mit Ballast.

Allerdings erwies sich sein sechster Sinn als richtig. Er verließ den Spirituosenladen und überraschte seine süße Nachbarin. Es ließ sich nicht leugnen, dass sie ihn im Auge behielt. Die Frage war, ob Nora ihm wegen seiner Schwester folgte oder wegen der Leute, die er mit dem Schlüssel betrogen hatte.

Immerhin hatte er eine Teilzahlung bekommen, aber sie nie das, wofür sie bezahlt hatten. Das würden sie auch niemals. Er hatte nicht gelitten, um jetzt zu scheitern.

Da er niemandem vertrauen konnte, möglicherweise nicht einmal seiner Schwester, gab es nur eine Sache zu tun. Weitermachen.

Zuerst rollte er aus dem Bett und ging ins Badezimmer, der einzige Raum ohne Kamera. Wussten sie, was er hier drin mit seinem Handy tun konnte?

Jetzt kamen die Aufnahmen ins Spiel, die er zuvor gehackt hatte. Der Videostream wurde in den Live-Feed geschoben, sodass derjenige, der zusah, nicht sehen würde, was er in Wirklichkeit tat. Nämlich packen, um zu verschwinden.

Der schwere Metallschlüssel, immer noch genauso

eiskalt, landete in einer Innentasche seines Rucksacks, einer mit Reißverschluss, sodass er nicht versehentlich rausfallen würde, zusammen mit einem Feuerstein und ein wenig Kalk. Im größeren Teil landeten seine Klamotten, zusätzliches Schuhwerk und Proteinriegel. Er hätte auch gern das alte Märchenbuch mitgenommen; allerdings wären in Anbetracht dessen Alter und Größe die Bilder, die er online in einer Cloud gespeichert hatte, praktischer. Das Buch selbst versteckte er im Wäscheschrank zwischen den Falten eines Handtuchs. Es würde gefunden werden, wenn jemand seine Wohnung auf den Kopf stellte, aber er konnte sich nicht dazu durchringen, es zu zerstören. Das Ding war unbezahlbar. Der Einband, die Seiten, jede Illustration und jeder Text von Hand gefertigt. Es vermutete nicht mal jemand, dass er das Original besaß.

Genau wie niemand wusste, dass er den richtigen Schlüssel hatte. Er hatte alle anderen damit auf Trab gehalten, dem falschen hinterherzujagen, den irgendjemand schließlich in seiner Wohnung entdeckt hatte. Währenddessen wartete das Original auf ihn in einem Postfach zu Hause.

Als all seine Sachen gepackt waren, einschließlich seines Reisepasses mit seinem neuen falschen Namen, schwang Peter sich den Rucksack auf den Rücken und kletterte dann aus dem Fenster auf die Feuerleiter. Er wagte es nicht, seine Wohnungstür zu benutzen. Zeit für eine heimliche Flucht, denn er wollte nicht, dass sein Schatten ihn verfolgte.

Nicht dorthin, wo er hinging.

Er dachte, er wäre problemlos weggekommen, zumindest bis zu dem Morgen nach seiner Ankunft in der Schweiz, als er mit einem Gewicht auf seiner Brust und einer schnurrenden Stimme aufwachte, die sagte: »Was denkst du, wo du hingehst, Peter?«

Kapitel Sechs

Anstatt auf ihre Frage zu antworten, stellte Peter selbst eine. »Warum zum Teufel folgst du mir, *Nora?*«

Noch hatte sie den Druck auf ihn nicht gelöst. Es sollte angemerkt werden, dass sie die Position ein wenig mehr genoss, als sie es sollte. »Warum bist du abgehauen, Peter?«

»Vielleicht weil ich nicht gern ausspioniert werde.«

»Wann hast du herausgefunden, dass ich dich beobachte?«

»Bei dem Sandwich wurde ich argwöhnisch.«

»Warum flippen alle wegen dieses verdammten Sandwiches aus?« Pamela hatte sie noch ein paarmal über Wirtschaftlichkeit und Gewinn und anderes langweiliges Zeug belehrt, das darauf hinauslief, die Sandwiches sparsam zuzubereiten, sonst setzt es was.

»Du und dieser Job haben nicht gut zueinander gepasst.«

»Genauso wenig wie du und deiner«, gab sie zurück.

»Du hast recht, das haben wir nicht.« Er grinste, ein wenig zu süß und jungenhaft.

Sie würde sich von ihm nicht erneut zum Narren halten lassen. Sie hielt ihre Schutzmauern aufrecht. »Die meisten Leute vermuten nicht, dass sie beobachtet werden.«

»Es sei denn, man ist ein Mann in meiner Position. Ganz zu schweigen davon, dass deine Kameras alles andere als diskret waren.«

Sie verzog das Gesicht. »Das Beste, was sie kurzfristig machen konnten.«

»Sie?«

»Du erwartest nicht wirklich von mir, das zu erklären, oder?«

»Nein. Aber du hast soeben bestätigt, dass du angeheuert wurdest. Hoffentlich mit Rabatt, da du alles andere als subtil warst.«

Dieser Hieb hätte wesentlich mehr geschmerzt, wenn er falsch gewesen wäre. Das Problem war, dass er sie aus der Ferne fasziniert hatte und sie ihm hatte nahekommen wollen. Und jetzt, wo sie ihn fixiert hatte, wollte sie ihm noch näher kommen. »Subtilität ist bei meinem Job keine Voraussetzung.« Nicht gänzlich wahr. Nachdem Arik ausgeflippt war, unter der Annahme, dass sie es verbockt hatte, hatte er ihr gesagt, sie solle tun, was auch immer nötig sei, um Peter zu finden, und dann an ihm kleben wie eine Klette. Was Zach anging, er nahm die Wohnung auseinander, die Peter zurückgelassen hatte.

»Ein Job für wen? Für wen arbeitest du?«

»Das sage ich immer noch nicht«, sang sie und fragte sich, wann er versuchen würde, unter ihr herauszukommen.

»Ist es meine Schwester? Ihr Mann?«, beharrte er.

»Ist es wichtig? Es ist offensichtlich, dass einige Leute an dir interessiert sind.«

»Und doch bin ich ein langweiliger Kerl.«

»Wohl kaum. Obwohl du gute Arbeit geleistet hast, uns das denken zu lassen. Wie oft hast du den Feed ausgetauscht, damit du dein Ding machen konntest?«

Seine Lippen zuckten. »Das würdest du wohl gern wissen.«

»Es war clever«, gab sie zu. »Und könnte für die Zukunft vielleicht praktisch zu wissen sein.«

»Ein Zauberer verrät niemals seine Geheimnisse.«

»Du bist wohl kaum magisch«, entgegnete sie mit einem Prusten.

»Und doch bin ich dir und deinem Partner mehrfach entwischt. Sag mir, wo ist der große Kerl? Versteckt er sich draußen im Flur? Hält er den Fluchtwagen warm? Bohrt er ein Loch in die Wand vom Zimmer nebenan?«

»Es sind nur du und ich, Montgomery.«

»Montgomery? Und ich dachte, wir wären bereits

beim Vornamen angekommen«, ertönte seine sarkastische Antwort.

»Würdest du es vorziehen, wenn ich dich Peter nenne? Immerhin werden du und ich bald enge Freunde.«

»Nein, werden wir nicht.«

Lustig, denn sein rasendes Herz und sein Ständer behaupteten etwas anderes. Sie saß rittlings auf ihm und ignorierte die Erregung, die der Druck einigen ihrer Körperstellen bescherte. »Wo willst du hin?«

»Keine Ahnung. Ich habe Fernweh bekommen und wollte reisen.«

»Könnte dieses Reisen mit einem gewissen Buch und einem Schlüssel zu tun haben?«

Er versteifte sich, und diesmal nicht nur sein Schwanz. »Ich weiß nicht, wovon du sprichst.«

»Ach nein?«

»Wenn ich die Gedanken von Frauen lesen könnte, wäre ich reich«, versuchte er zu scherzen. Er kam nicht an.

»Wirst du das wirklich auf die harte Tour machen?« Und ja, vielleicht drückte sie ein wenig auf ihn. Sie sah, wie sich seine Pupillen erweiterten, seine Lippen sich öffneten. Er zuckte auf jeden Fall.

Er gab nicht nach. »Warum beobachtest du mich?«

»Ich bin hier diejenige, die Fragen stellt.«

»Dann stell welche, auf die ich auch tatsächlich antworten kann. Ich weiß nichts über ein Buch und einen Schlüssel.«

»Ich wünschte wirklich, du würdest den Teil mit dem Lügen überspringen«, sagte sie mit einem Seufzen. Sie hob den hässlichen, schweren Schlüssel hoch, der ihr ein unangenehmes Schaudern bescherte. Sie hatte ihn aus seinem Rucksack geholt, während er schlief.

Seine Augen verengten sich vor Zorn. »Gib den zurück. Er gehört mir.«

»Tut er das? Oder hast du ihn gestohlen?« Sie hielt ihn außer Reichweite, als er danach greifen wollte.

»Ich habe viel durchgemacht, um diesen verdammten Schlüssel zu bekommen.«

»Ach was, wenn man bedenkt, dass er hätte weggespült werden sollen, als Lada ihn in den Fluss hat fallen lassen.« Die Erkenntnis traf sie plötzlich. »Das war nicht der richtige Schlüssel.«

»Und wenn er es nicht war?«

»Heilige Scheiße. Menschen sind wegen dieser Fälschung gestorben. Du hast deine Schwester deswegen in Gefahr gebracht.«

Er verzog das Gesicht. »Er hätte nicht in ihre Hände fallen sollen. Er hätte als Köder dienen sollen, um die Leute von meiner Spur abzubringen.«

»Es hat funktioniert.« Viel zu gut, wenn man all die Leute bedachte, die bei dem Versuch, ihn in die Finger zu kriegen, gestorben waren. »Und nur, damit du es weißt, Zach hat das Buch.« Ein Schinken im Stil eines Zauberbuchs mit einem alten Märchen und einem Bild des sehr gefragten Schlüssels.

»Gut für ihn. Ich nehme an, er kann mittelalterliches Russisch lesen?«

»Noch nicht, aber er wird jemanden finden, der es kann. Oder du könntest es uns einfach machen und uns verraten, was in dem Buch steht.«

»Fick dich. Ich verrate dir gar nichts«, knurrte er. Immer noch sehr menschlich, aber mit dem Mut eines Löwen. Was die Narben auf seinem Körper erklärte. Und die Albträume.

»Während dieser sechs Monate, als du vermisst wurdest ... hat jemand versucht, dich dazu zu bringen, alles zu sagen, nicht wahr?«

»Was hat es verraten?«

»Ich habe deine Narben gesehen.«

Sein Ausdruck wurde leer. »Die waren nicht wegen des Schlüssels.«

»Selbst wenn sie es nicht waren, musst du auf mich hören, wenn ich sage, dass du tief in Schwierigkeiten steckst. Du legst dich mit einigen gefährlichen Leuten an, Peter.«

Sein Sarkasmus war schwer, als er antwortete: »Meinst du?«

»Ich kann helfen.«

»Helfen?« Er prustete. »Es würde mir schon helfen, wenn du und der Riese mir fernbleibt, damit ich untertauchen kann.«

»Nein. Wir haben bereits einen Entführungsversuch vereitelt. Du brauchst mich in deiner Nähe.«

Er blinzelte sie an. »Wiederhole das. Langsam. Mit Kontext.«

»Neulich Abend wollte dich jemand in einen Kofferraum stopfen, aber Zach hat dich gerettet.«

»Sagst du.«

»Ja, sage ich, und es war nicht der erste Versuch. Schätze dich glücklich, dass deine Schwester in die richtige Familie eingeheiratet hat. Wir wissen, wie wir unsere Angehörigen beschützen.«

»Sie hat in die Mafia eingeheiratet. Ich wusste es«, rief er aus.

Nora lachte. »Nicht ganz, aber fast.«

»Also, was genau ist dein Job?«

»In deinem Fall? Sieh mich als deinen Leibwächter und deine Partnerin.«

»Und als Diebin.« Er deutete auf den Schlüssel, den sie immer noch hielt.

Er hatte sich in ihrem Griff noch nicht erwärmt. Seltsames Metall.

»Du gehst von dem Irrtum aus, dass ich Geld brauche.« Sie lehnte sich nahe zu ihm, sodass ihr heißer Atem auf seinen Mund traf. »Das tue ich nicht.«

»Sagt das Mädchen, das in einer Metzgerei arbeitet und beschissene Undercover-Arbeit annimmt.«

»Sagt das Mädchen, das unabhängig reich ist und die Langeweile lindern will.«

»Ich glaube dir nicht.«

»Mir egal.« Sie zuckte die Achseln. »Aber es ist wahr. Und kannst du es mir verübeln? Ich hätte entweder Undercover-Arbeit leisten können oder ich hätte jeden Tag einen Anzug anziehen und in ein Büro gehen müssen.«

»Scheiß auf den Anzug.«

»Genau.«

»Und scheiß auf dich. Ich brauche keinen Partner.« Er stieß sie, und sie rollte von ihm herunter und kam auf seinem Bett zum Liegen, während er aufstand, überwiegend bekleidet, sein T-Shirt zerzaust wie sein Haar und seine Hose aufgeknöpft. Bereit, jederzeit zu fliehen.

Sie hob den Schlüssel hoch. »Entweder arbeitest du mit mir zusammen oder ich suche jemand anderen, der mir dabei helfen kann.«

»Es gibt niemand anderen«, knurrte er.

»Du bist nicht der Einzige, der von der Geschichte weiß, die diesen Schlüssel umgibt. Während wir miteinander sprechen, wird das Buch übersetzt, das wir in deiner Wohnung gefunden haben.« Die schnelle und schmutzige Zusammenfassung, dargestellt durch Bilder, stellte es als Märchen ähnlich des Froschkönigs dar, nur dass sich in diesem Fall der Held, der ein Monster war, auf die Suche begab, um eine Magie zu finden, die ihn menschlich machen konnte. Für sie klang es mehr nach einem Albtraum.

»Viel Glück dabei, irgendetwas herauszufinden.« Er grinste.

»Ich brauche kein Glück, da Melly mir Zugang zu deiner Cloud verschafft hat.«

Das erregte seine Aufmerksamkeit. »Blödsinn. Sie ist äußerst stark verschlüsselt.«

»Das stimmt, aber habe ich erwähnt, dass ich mit einer Hackerin befreundet bin?« Sie war mit Lächeln und Bluffen an der Reihe, denn auch wenn Melly wusste, dass er einen geheimen Online-Speicher hatte, arbeitete sie immer noch daran hineinzugelangen.

»Du lügst.«

»Tue ich das?« Sie rollte sich vom Bett und stolzierte auf ihn zu. »Ich meine es, wenn ich sage, arbeite mit mir zusammen oder du wirst im Dunkeln gelassen.«

Sie konnte sehen, wie sich der innere Kampf in seinem Gesicht widerspiegelte, bevor Resignation einsetzte. »Meinetwegen. Du gewinnst. Aber nur, wenn du mir versprichst, dass ich behalten darf, was auch immer wir finden.«

»Sicher.« Eine weitere Lüge, denn wenn es für ihre Art gefährlich war, würde Peter nicht weiterleben, um davon erzählen zu können. »Wonach suchen wir?«

»Dem nächsten Hinweis.«

»Worauf?«

Er zog nur eine Augenbraue hoch.

»Ist er in dieser Stadt?«

»Was denkst du, warum ich zuerst hierhergeflogen bin? Wir müssen eine Kirche besuchen.«

»Verspürst du ein Bedürfnis, mit Gott zu kommunizieren?«

»Ich möchte lieber mit den Toten plaudern. Was hältst du davon, in eine Gruft zu gehen?«

»Ich wollte schon immer in einem Horrorfilm mitspielen«, gab sie zurück. »Geh voran, Montgomery.«

Es dauerte noch dreißig Minuten, bevor sie das Hotel verließen, da er darauf bestand, zuerst zu duschen. Dann hielten sie bei einem Straßenverkäufer an, um ein paar frische Backwaren zu kaufen, plus einen Kaffee für ihn und eine heiße Schokolade für sie.

Ihr mürrischer Begleiter ließ sie für alles bezahlen, einschließlich der Eintrittsgebühren für die alte Kirche. Das Innere war ein Meisterwerk aus kompliziert gemustertem Putz, gewölbten Decken und Buntglas.

Menschen und ihre Religion. Das Einzige, woran Nora glaubte, war die Macht ihres Rudels und der Segen des Mondes.

Selbst zu dieser frühen Stunde wartete eine Gruppe von Leuten darauf, die Katakomben zu betreten. Peter und Nora schlossen sich ihnen an, nahe, aber einander nicht berührend, wobei er sein Bestes tat, sie zu ignorieren, und doch schien sie nicht dasselbe tun zu können.

Der Mann zog sie an, und trotzdem hätte sie nicht festlegen können, warum genau. Sein Aussehen? Er hatte eine Robustheit, die sie wirklich mochte. Einen Sinn für Humor, den sie verstand. Einen Zug, der in ihr den Drang auslöste, sich an ihm zu reiben und ihn mit ihrem Duft zu markieren. Als wollte ihre innere Katze ihn besitzen. Nur war ein Mensch kein Haustier wie dieser Nerz, den sie als Kind adoptiert hatte. Obwohl sie wetten könnte, dass es Spaß machen würde, mit ihm zu spielen. Wenn sie sanft war. Nicht-Gestaltwandler waren zerbrechlich.

Die Tourgruppe ging eine alte Steintreppe hinunter, die durch den Verlauf der Zeit und viele Füße ausgetreten war. Es zwang sie dazu, näher zueinander zu rücken. Sie knirschte mit den Zähnen angesichts so vieler Leute in ihrem persönlichen Raum. Fremde, die sie zur Seite schlagen wollte.

Sie drehte den Kopf und zischte, als jemandes Hand auf ihrem Hintern landete. Ihr Funkeln veranlasste den Kerl hinter ihr dazu, Unschuld vorzutäuschen. Wenn er sie erneut berührte, würde sie ihm die Hand brechen.

Peter bemerkte es und trat mit einem Stirnrunzeln näher. Lustig, dass es sie nicht störte, wenn er sie streifte. Zum Teufel, sie wollte ihm näher kommen.

Die Tourgruppe drängte durch die schmalen Katakomben, während der Führer langatmig weitererzählte und Daten und Namen ausspuckte, die keine Bedeutung für sie hatten. Sie schlurfte mit dem Rest mit und fragte sich, was Peter an diesem Ort zu finden erwartete. Sie betraten einen offenen Raum, groß und rund, mit vielen Gängen, die von ihm wegführten. Über ihren Köpfen bot ein Gitter in der Decke ein wenig Tageslicht. Darunter befand sich ein großer Steinbrunnen, dessen gemeißelte Skulptur einer Meeresnymphe einen Krug hielt, aus dem jedoch kein Wasser floss, und die Flüssigkeit im Becken war regungslos. Sie trat nahe genug heran, um in die Tiefen zu spähen, und bemerkte das Schimmern von Münzen.

»Wirst du dir etwas wünschen?« Peters heißer Atem streifte ihr Ohrläppchen.

Sie zuckte die Achseln. »Warum sollte ich es verschwenden, wenn ich nichts brauche?« Kein Geld. Oder Freunde. Sie hatte eine große erweiterte Familie. Das Einzige, was sie nicht hatte, war ...

Ein Gefährte.

»Jeder will etwas«, sagte er. Sein Atem kitzelte sie immer noch und sein Körper umgab sie, während er hinter ihr aufragte. Wenn sie sich umdrehte, wäre sie nahe genug, um ihn zu küssen.

Moment, warum sollte sie ihn küssen wollen?

Er war eine Mission. Kein potenzieller Bettgefährte. Egal was ihr Körper und ihre Katze dachten.

»Wünsch dir was.« Mit den Fingern drückte er eine Münze in ihre Hand und hielt sie über das Wasser. »Mach dich bereit, Nora. Was willst du?«

Und woran dachte sie, als sie die Münze losließ?

Peter.

Spritz.

»Was hast du dir gewünscht?«

»Wenn ich es dir sage, wird es nicht in Erfüllung gehen«, war ihre lockere Antwort, als sie sich von ihm löste und am Rande des Raumes entlangging, wobei sie die in den Stein gemeißelten Fresken bemerkte und den Gang, der von hier wegführte. Das plötzliche gurgelnde Rauschen von Wasser ließ Nora herumwirbeln, um zu sehen, dass der Brunnen zum Leben erwacht war. Er sprudelte und gluckerte und spie Wasser, das einen starken mineralischen Duft hatte.

Hatte jemand einen Schalter umgelegt?

Da sie abgelenkt gewesen war, verfolgte sie mit dem Blick die Touristen. Niemand von ihnen weckte ihr Interesse. Was jedoch Peter anging ...

Moment, wo zur Hölle war Peter?

Sie drehte sich nach links und rechts, aber sie sah ihn nicht. Unmöglich, er war doch eben noch dort gewesen! Er musste in einen der Seitengänge geschlüpft sein.

Schnüffelnd streifte sie am Rand des Raumes entlang und bemerkte, dass sein Duft an einer Tür vorbeiführte, die mit einem goldenen Seil und einem Schild mit einem großen, durchkreuzten roten Kreis darauf blockiert war. Als sie über die Absperrung hinübertreten wollte, packte jemand ihren Arm.

»Da können Sie nicht rein«, sagte der Fremdenführer.

»Was ist da drin?«, fragte sie. Vielleicht war Peter auf der Suche nach einem Hinweis. Sie war irgendwie angesäuert, dass er ohne sie gegangen war, sollte das der Fall sein.

Aber der Führer zerstörte diese Hoffnung, als er sagte: »Es ist einfach nur ein weiterer Ausgang, aber er befindet sich aktuell im Bau und ist für die Öffentlichkeit geschlossen.«

Ein Ausgang? Zu spät fiel ihr ein, in ihrer Bauchtasche nachzusehen, an die Peter sich gedrückt hatte und in der jetzt ein Schlüssel fehlte.

Verdammter Peter. Er dachte, er könnte ihr entkommen.

Sie würde ihn schon eines Besseren belehren.

7

Kapitel Sieben

Peter war Nora nur mit leichten Gewissensbissen entwischt. Ja, sie würde vermutlich in Schwierigkeiten geraten, weil sie ihn verloren hatte, aber er konnte sie nicht in seiner Nähe haben. Sie hatte etwas Seltsames an sich. Auch etwas Heißes und Attraktives. Aber hauptsächlich seltsam.

Die Art, wie sie ihn manchmal beäugte, wie ihr Blick ein Funkeln bekam, ließ ihn erschaudern. Ihr Ausdruck war selbstgefällig, als würde sie etwas verbergen. Die Belustigung, während sie über ihn lachte, selbst als sie dachte, sie würde ihn benutzen.

Ihn bedrohen.

Das würde nicht passieren. Er war kein Bauerntrampel, der wegen einer attraktiven Frau ausgenutzt oder abgelenkt werden konnte.

Sie war einfacher zu überlisten gewesen als erwartet

und hatte den Grund ihres Besuchs in den Katakomben nicht wirklich infrage gestellt. Da er dort bereits zuvor Tourist gespielt hatte, hatte Peter gewusst, dass es am Brunnen voll werden würde, die perfekte Gelegenheit, um seinen Schlüssel zu stehlen – oder in diesem Fall zurückzuholen. Er war versehentlich mit ihr zusammengestoßen und hatte es geschafft, ihn wieder in seinen Besitz zu bringen. Diesen Trick hatte er schon Hunderte Male gemacht. Was er nicht erwartet hatte, war die sofortige Erregung in dem Moment, in dem er ihr nahe kam, oder die stechenden Schuldgefühle, als er sie zurückließ.

Er hatte nicht durch die Hand einer gewissen alten Dame und ihres Tigers gelitten, um den Schatz jetzt zu teilen. Wenn er die Sache anders drehen wollte, könnte er sogar behaupten, dass es zu Noras eigenem Besten war, da sie sich in seiner Nähe in Gefahr befinden würde.

Es war schon schlimm genug, dass er sich die ganze Zeit während der Kreuzfahrt mit seiner Schwester Sorgen gemacht und sich gefragt hatte, ob er in Sicherheit war. Albträume einer sich heranpirschenden Katze, die eine Augenklappe trug und irgendwie das große Schiff betrat, waren eine besonders lebhafte und lächerliche Angst.

Als seine Schwester ihm mitgeteilt hatte, dass der falsche Schlüssel zur Untersuchung an jemand anderen übergeben worden war, hatte er vor Erleichterung geseufzt. Er hätte beinahe eine Party geschmissen, als er herausfand, dass der falsche Schlüssel in einem Fluss verloren gegangen war. Gut.

Er hatte angenommen, dass das die Sache beenden würde, aber dann hatte Nora ihm einfach folgen und herausfinden müssen, dass der Schlüssel, um den sie alle gekämpft hatten, eine Fälschung war. Wie vielen Leuten hatte sie es erzählt? Wussten seine Feinde es schon? Die, die den Diebstahl beauftragt hatten, würden ihn haben wollen, zusammen mit seinem Blut.

Er sollte wirklich versuchen, für weniger kriminelle Leute zu arbeiten. Allerdings würde das eine Gehaltskürzung bedeuten. Die Regelbefolger waren knauserig.

Seine Ablenkung und seine flinken Füße führten ihn aus dem leeren Tunnel zu einer Treppe, die nach oben immer schmaler wurde. Er tauchte aus den Katakomben in einem gesperrten Bereich auf, abgeriegelt und staubig, mit Arbeitern mit Schutzhelmen, die seine Anwesenheit bemerkten und einen Wirbel machten.

»Ich glaube, ich habe mich verlaufen!«, rief er und spielte den amerikanischen Touristen. Er ließ sich schnell auf die Straße führen, wo er sich in die Menge einfügte. Er schlängelte sich rasch durch die Körper und nutzte sie als Tarnung, falls Nora in der Nähe sein sollte.

Dieser Schild zerstreute sich jedoch schnell – manche Leute schrien ernsthaft verärgert auf, andere vor Lachen –, als sich der Himmel öffnete und der Regen alles durchnässte.

Ihn eingeschlossen.

Verdammt.

In nassen Wanderschuhen herumzuschleichen war nicht seine Vorstellung von Spaß. Wenigstens war sein Rucksack wasserfest.

Was er nicht enthielt, war jedoch eine Waffe, da er keine im Flugzeug hatte mitnehmen dürfen. Dennoch sollte es bei Tageslicht an einem überwiegend öffentlichen Ort in Ordnung sein, zumindest redete er sich das ein, als er das Stampfen schneller Füße vernahm. Leute, die vermutlich versuchten, schnell dorthin zu gelangen, wo sie hinwollten.

Dennoch erhöhte sich seine Geschwindigkeit und er spähte über seine Schulter. Und stolperte, als er sah, wie sich ihm die beiden großen Schlägertypen immer mehr näherten.

Er hätte vielleicht angenommen, dass es ein normaler Straßenraub war, hätte er nicht den größeren mit dem rasierten Kopf und dem Knurren erkannt. Er arbeitete für die Leute, die er mit dem Schlüssel verarscht hatte.

Oh verdammt. Beide Männer hatten die Hände in ihren Mänteln vergraben. Würden sie ihn selbst mit möglichen Zeugen auf offener Straße erschießen?

Vergiss jegliche Seitengassen, er blieb im Licht der Öffentlichkeit. Er trampelte durch eine Pfütze und tat sein Bestes, mit voller Geschwindigkeit über die unebenen Pflastersteine zu laufen. *Fall verdammt noch mal nicht hin.* Wenn er sich den Knöchel umknickte, war er erledigt.

Sein Sprint verlangsamte sich nur leicht, als er auf einen Marktplatz kam, wo mehr Verkehr herrschte, mit Leuten, die vollgepackte Kinderwagen schoben, bedeckt mit durchsichtigen Plastikplanen, während die Eltern und laufenden Bakterienüberträger sich unter Schirmen versteckten. Der Großteil von ihnen schien aus irgendeinem Tor zu kommen, dessen schmiedeeiserne Stangen sich zu Tierfiguren verformten. Ein Zoo. Ein Labyrinth. Ein Ort, um seine Verfolger loszuwerden.

Peter schoss hinein und hörte das Brüllen des Aufsehers, den er beruhigte, indem er ihm einen Geldschein zuwarf. Er rannte, wählte einen beliebigen Pfad, dann einen anderen, und ließ seine Verfolger zurück. Es half, dass der Regen stärker fiel, ein durchnässender Vorhang, der das Sehen erschwerte. Was er wirklich mehr brauchte als Tarnung, war ein Ausweg, der seine Verfolger abhängte. Er fragte sich, wie sie ihn überhaupt gefunden hatten.

Der Grund wurde ihm eine Sekunde später klar.

Sein Handy.

Sie mussten seinen Standort gehackt haben. Er warf es in das Affengehege, wo pelzige Hände es packten und begannen, damit zu spielen, das Geschnatter laut und die Aufregung groß.

Seine Schwester würde sich Sorgen machen, wenn

sie versuchte, ihn anzurufen, und ihn nicht erreichte, aber er würde öffentliche Cafés suchen und ein VPN nutzen, um ihr Nachrichten zukommen zu lassen, damit sie keine Panik bekam.

Seine Schritte verlangsamten sich, als er eine Gabelung erreichte. Zur Linken war das Vogelhaus, zur Rechten die Großkatzen. Zitter.

Nein. Er ging auf den Vogelbereich zu, als er zwei massige Gestalten weit vor sich sah.

Ernsthaft? Sein Glück war wirklich beschissen.

Trotz seiner Abneigung gegenüber den Katzen schoss Peter in deren Richtung, nur um auf einem glitschigen Stück schmelzender Eiscreme auszurutschen und hinzufallen. Schokoladenschleim inmitten einer matschigen Waffeltüte. Er traf mit einem Knie hart auf dem Boden auf und als er aufzustehen versuchte, drohte sein Bein nachzugeben, da das Gelenk angesichts der Misshandlung pochte.

Er humpelte und verlor an Geschwindigkeit. Die hämmernden Füße holten auf. Er drehte sich um, um sich seinen Angreifern zu stellen, die Fäuste gehoben, mit dem Wunsch, sein erster Halt vor den Katakomben wäre ein Laden gewesen, wo er wenigstens ein Schnappmesser hätte kaufen können, etwas, mit dem er sich außer mit Händen und Füßen verteidigen konnte.

Dennoch war er kein Versager, wenn es ums Kämpfen ging, und der Regen erschwerte das Zielen mit einer Waffe auf ihn, da er die Pfeile ablenkte, die der Kahlkopf abfeuerte. Da er nicht riskieren konnte, getroffen zu werden, lief er mit einem lauten Schrei auf die Kerle zu. Die Überraschung funktionierte zu seinem Vorteil und er schlug in Kahlkopfs Bauchgegend, bevor dieser nachladen konnte. Sie landeten mit Peter obenauf auf dem Boden, was bedeutete, dass er ein paar gute Schläge anbringen konnte, bevor der Kumpel des Kerls ihn wegzerrte.

Shorty, den er Ziegelstein hätte nennen sollen, da er aussah, als wäre sein Gesicht auf einen zu viel davon getroffen, hob eine Faust und schenkte ihm ein zahnlückiges Grinsen.

Peter trat ihm in den Bauch, dann schwang er eine Faust, während Shorty abgelenkt war. Sie traf, aber bevor er sich erholen konnte, legten sich von hinten Arme um ihn.

Er wand sich, aber Kahlkopf war mindestens dreißig Zentimeter größer und viele Kilo schwerer. Er hob Peter vom Boden und zerdrückte ihn, bis er sich nicht mehr rührte. Dann hielt er ihn vor Shorty, der einen weiteren Zahn verloren hatte. Er pfiff lautstark, als er fragte: »Wo ist der Schlüssel?«

»Welcher Schlüssel?«

Shorty schlug eine Faust in sein Gesicht.

»Aua.« Er spielte es hoch, als würde er sterben. Stoisch zu sein sorgte nur dafür, dass man härter verprügelt wurde.

»Wo ist der Schlüssel?«, fragte Shorty erneut.

»Verloren in einem Fluss.«

»Du lügst!« Kahlkopf drückte und schüttelte, bis Peter nach Luft schnappte.

»Wo ist der Schlüssel?« Shorty hielt seine Faust vor Peters Gesicht.

»Leck mich am Arsch.« Er hob seine Füße und trat. Shorty stolperte und Peter nutzte diesen Schwung, um sich von Kahlkopf zu befreien. Er traf auf den Boden und erhob sich ausholend.

Aber zwei gegen einen bedeutete, dass er den Schlägen nicht ausweichen konnte. Er wusste genug, um seine Arme zu heben, um seinen Kopf zu schützen. Dennoch klingelten die Schläge in seinen Ohren. Ließen seine Zähne klappern. Ein heftiger Schlag in seine Magengrube schickte ihn zu Boden, wo sie ihm in die Rippen traten. Als sie ihn durchsuchten, konnte er nur vor Schmerzen stöhnen, die größtenteils real waren.

Shorty sagte triumphierend: »Ich habe den Schlüssel!«

»Der Boss wird glücklich sein«, antwortete der schroffe Kahlkopf. »Nehmen wir ihn mit zurück zum Boss?«

Shorty stieß ihn mit einem Fuß an. »Nicht nötig, da wir haben, weswegen wir gekommen sind. Schmeiß ihn zu den Tigern. Ich habe gehört, er hat eine Schwäche für sie.« Gefolgt von einem Kichern.

Peter wimmerte beinahe. Nicht die verdammten Tiger! Er hielt die Augen geschlossen gegen die Erinnerungen an die alte Dame. Die Katze. Die Art, wie sie beide mit ihm in diesem Keller spielten, bis die Grenzen der Realität verschwammen.

Der Boden brauchte eine Weile, bis er auf ihn traf. Die Tiger wurden in einem Betongehege mit glatten Steinwänden gehalten, die sie nicht hochklettern konnten. Er lag einen Moment lang da, am Leben. Kaum.

Er hatte Schmerzen.

Starke.

Der Regen wusch das Blut von seiner Haut, aber anstatt zu helfen, erregte es Aufmerksamkeit.

Schnauf, schnauf. Das heiße, hitzige Geräusch eines atmenden Tieres. Er öffnete ein Auge und bereute es sofort. Eine gestreifte Katze knurrte nur wenige Schritte von ihm entfernt, zusammengekauert und bereit zum Angriff. Sein Tod schien sicher.

Und dann noch durch einen verdammten Tiger.

Dann wurde es seltsam, als eine goldene Gestalt zwischen ihm und dem Tiger landete. Vier haarige Beine und ein schwingender Schwanz, begleitet von einem tiefen, warnenden Knurren.

Er blinzelte den Regen aus den Augen, aber es änderte nichts an der Tatsache, dass ein Löwe erschienen war.

Fantastisch. Löwen. Tiger. Was kam als Nächstes, ein Bär?

Sollte er den Kampf abwarten und hoffen, dass er es mit einem verletzten Sieger aufnehmen konnte, bevor er ihn fraß? Oder ihrer beider Aufmerksamkeit und Krallen durch einen Fluchtversuch erregen?

Könnte er Option Nummer drei haben?

Dem Tiger gefiel es nicht, dass jemand in sein Revier eindrang, weshalb er zuerst sprang. Der goldene Löwe, dessen Fell durch den Regen feucht war, erwiderte seinen Sprung und die Körper trafen mit einem dumpfen Aufprall aufeinander. Sie landeten auf der Seite und ihre Pfoten waren ineinander verwickelt, während sie aneinander klammerten und versuchten, dem anderen das Gesicht wegzufressen.

Der Kampf hielt nicht sehr lange an. Der Tiger mochte vielleicht größer gewesen sein, aber der Löwe entpuppte sich als trickreich und gemein. Bald hatte er die gestreifte Katze dazu gebracht, sich in ihre Höhle zurückzuziehen, um ihre Wunden zu lecken.

Der Löwe hatte gewonnen und würde seinen Preis fressen wollen.

Er drückte sich gegen den Boden in dem Versuch, sich zu erheben, aber scharfe Schmerzen schickten ihn schwer atmend wieder flach nach unten. Er schloss die Augen und wartete auf das Reißen von Klauen oder Zerren von Zähnen.

Als nichts passierte, öffnete er ein Auge, um den Löwen zu sehen, wie er auf seinen Vorderpfoten ruhte und ihn beobachtete. Er schüttelte sogar den Kopf, bevor er ihn heiß anschnaubte.

Verspottete er doch tatsächlich den dummen Menschen! Vielleicht würde er ihn in Ruhe lassen, wenn er sich tot stellte. Er würde es nicht lange vortäuschen müssen, wenn man bedachte, dass seine Verletzungen so sehr pochten, dass er zwischen Bewusstsein und Bewusstlosigkeit schwankte.

Was vielleicht der Grund dafür war, warum er hätte schwören können, dass er Noras Stimme fauchen hörte: »Bleib in deiner Ecke, Fellknäuel.« Dann sanfter: »Du Idiot. Du hättest nicht weglaufen sollen.«

8

Kapitel Acht

»Das wird dich lehren, vor mir wegzulaufen«, war Noras alles andere als mitfühlende Reaktion, als er zwei Tage, nachdem sie ihn im Tigerkäfig gerettet hatte, schließlich die Augen öffnete. Er wäre beinahe gestorben. Er war in keiner guten Verfassung.

»Was ist passiert?«, stöhnte er.

Zumindest weinte er nicht, was sie angesichts des Ausmaßes seiner Verletzungen überraschte. Sie hatte ihn zu einem Untergrund-Tierarzt bringen müssen, der den von ihr gebrachten Menschen misstrauisch beäugt hatte.

Das Urteil? Der Körper überall geprellt, mit mindestens zwei gebrochenen Rippen und einer Nase, die vielleicht nie wieder gerade sitzen würde. Sexy.

»Du hattest einen schlechten Tag«, sagte sie zu ihm.

»Fühlt sich an, als wäre ich von einem LKW überfahren worden«, grummelte er. Er zischte, als er sich bewegte, und sie half ihm nicht. Sollte er doch unter den Konsequenzen seiner idiotischen Handlungen leiden.

Er schaffte es, sich aufzusetzen und an das Kopfteil des Bettes zu lehnen, das sich in der Wohnung befand, die sie ihnen beschafft hatte. Ein besserer Ort als das schäbige Hotel zuvor.

»Willst du mir erklären, warum du versucht hast, dich an den Tiger zu verfüttern?«, fragte sie.

»Ich wurde von den Schlägertypen dort hineingeworfen, die meinen Schlüssel gestohlen haben.«

»Du meinst den Schlüssel, den du mir abgenommen hast?«, fragte sie etwas zu süßlich. Es säuerte sie an, dass er es überhaupt geschafft hatte, ihn ihr zu stehlen.

»Fang verdammt noch mal nicht damit an.«

»Oh, ich werde verdammt noch mal damit anfangen, denn wenn du nicht so stur und dumm gewesen wärst, hättest du ihn nicht verloren und wärst nicht beinahe gestorben.«

»Glaub mir, bei den Schmerzen, die ich habe, wünschte ich mir, ich hätte ihn bei dir gelassen.« Sein dunkler Blick forderte sie heraus.

Also verspottete sie ihn. »Ja, das hättest du tun sollen, denn ich hätte ihn nicht verloren.« Ja, sie streute Salz in diese Wunde. »Hast du gesehen, wer dir das angetan hat?«

»Zwei Kerle.«

»Nicht hilfreich.«

»Weißt du, was auch nicht hilfreich ist? Dass du mich so behandelst, wenn ich verdammte Schmerzlinderung brauche«, fauchte er.

»Du würdest gar nichts brauchen, wenn du dich nicht von mir weggeschlichen hättest.«

»Sei froh, dass ich es getan habe, sonst ginge es dir vermutlich genauso wie mir oder schlimmer.«

»Fraglich.« Es war nie offensichtlicher, wie gut Gestaltwandlergene waren, als wenn sie den Menschen betrachtete, der nur aus einem Haufen Prellungen bestand, die Wochen zum Heilen brauchen würden. Unter normalen Umständen.

Sie hatte auf ein paar Rudel-Verbindungen zurückgreifen müssen, um hochgeheime Militärsalbe in die Finger zu kriegen, um den Prozess zu beschleunigen. Die Rippen waren bereits zusammengeflickt, wenn auch nicht fest. Das würde noch eine Weile dauern, also sollte er Schläge auf die Brust meiden. Seine Prellungen hatten das gelbe Stadium erreicht, in dem sie beinahe verschwunden waren. Aber die Heilung forderte ihren Tribut und saugte jeden Funken Energie aus seinem Körper, wodurch er ohne Körperfett und Muskeln zurückblieb und Schmerzen leiden würde, bis er aß und sich rehydrierte.

»Hast du Paracetamol? Irgendwas? Whisky?«, fragte er, spannte den Arm an und ballte die Hand zur Faust, als versuchte er, den Blutkreislauf in einer eingeschlafenen Gliedmaße wieder in Schwung zu bringen.

»Kein Alkohol, aber ich habe Elektrolyte.« Empfohlen vom Tierarzt. Sie warf ihm die Flasche zu, aber seine aktuell langsamen Reflexe bedeuteten, dass sie ihn auf dem Bauch traf. Er verzog das Gesicht, dann landete die Flasche auf dem Boden.

»Huch.« Sie fühlte sich schlecht und reichte ihm eine nicht gekennzeichnete Flasche aus ihrer Gesäßtasche. »Nimm nicht zu viele, sonst wirst du kleine Vögel fangen und sabbern.«

Er öffnete die Flasche und schüttelte zwei Pillen in seine Hand. Er schluckte sie trocken mit einer Grimasse.

Sie reichte ihm die Flüssigkeit. Er trank und verzog umso mehr das Gesicht. »Der Nachgeschmack ist beschissen.«

»Die korrekte Antwort ist: ›Danke, dass du das für mich bereit hast und dass du dich um mich gekümmert hast, während ich bewusstlos war.‹«

»Wie lange war ich weg?«

»Zwei Tage.«

Er blinzelte sie an. »Na toll.« Er sah sich an, das OP-Hemd, das er trug, und wurde rot.

»Ich habe mich nicht die ganze Zeit um dich gekümmert. Der Tierarzt hat dich mir erst vor wenigen Stunden übergeben.«

»Tierarzt?« Er rieb sich den Nasenrücken. »Ich

glaube, wir müssen ein wenig zurückspulen. Lass uns damit anfangen, wie du mich gefunden hast.«

»Ich bin einfach meiner Nase gefolgt.« Sie tippte darauf in dem Wissen, dass er die Wahrheit mit Sicherheit nicht glauben würde.

»Du bist wohl eher meinem Handy gefolgt. Ich kann nicht glauben, dass ich so dumm war, es mitzubringen. Die gute Neuigkeit ist, dass es jetzt weg ist.« Er lehnte sich zurück und schloss die Augen.

»Ich nehme an, das erklärt, warum deine Schwester mir ständig schreibt.«

»Du hast von Charlie gehört?«

»Jeden Tag, mehrmals am Tag. Scheinbar hat es sie nicht mit eingeschlossen, als Arik sagte, meine Mission sei streng geheim.«

»Wer ist Arik?«

»Niemand.« Sie gab der Müdigkeit die Schuld für ihre lose Zunge. Zwei Tage des Beobachtens und Sorgenmachens, während derer ihn das künstliche Koma in einem Zustand verharren ließ, in dem ihn die rasante Heilung nicht lautstark schreien ließ.

»Soll das etwa heißen, dass du meine Schwester nicht kennst?«

»Jetzt tue ich es. Apropos, sie würde liebend gern von dir hören.« Sie reichte ihm ihr Handy und er sah entsetzt aus.

»Du Idiot. Hast du nicht gehört, was ich darüber gesagt habe, dass ich durch mein Handy verfolgt wurde? Werde es los, bevor sie es zu dir nachverfolgen. Zu mir.«

Sie prustete. »Nicht alle von uns waren dumm genug, ein rückverfolgbares Handy mitzubringen. Für einen Kriminellen bist du nicht sehr kriminell.«

»Sagt die Frau mit Schwarzmarkt-Technik in der Hand.«

»Ist das Neid, den ich da höre, weil meine Spielzeuge besser sind als deine?«

»Dein Verhalten am Krankenbett ist beschissen«, war seine schmollende Antwort.

»Hör auf, so rumzujammern.«

»Ich darf mich beschweren. Ich wäre beinahe gestorben. Übrigens, wie hast du mich aus dem Tigerkäfig rausgeholt, bevor diese Katzen mich gefressen haben?«

»Es war nicht einfach. Du bist ein schwerer Kerl.«

Er prustete, dann zuckte er zusammen. »Als hättest du mich rausgetragen.«

»Nennst du mich einen Schlappschwanz?«

»Ich will sagen, dass ich mindestens zwanzig Kilo schwerer bin als du.«

»Und? Es liegt alles in der Technik. Oder willst du dich unbedingt streiten, weil dein chauvinistischer Arsch es nicht ertragen kann, dass eine Frau dich gerettet hat?«

Vor lauter Genervtheit zog er einen Schmollmund. »Ich bin verletzt. Musst du mir gegenüber so feministisch sein?«

»Sei kein Höhlenmensch und ich muss es nicht tun. Du könntest ein wenig dankbarer sein, wenn man bedenkt, dass ich dir den Arsch gerettet habe.«

»Danke. Ich saß in der Klemme.«

»Ich bin mir nicht sicher, wie viel schlimmer es hätte werden können. Es ist ein Wunder, dass du am Leben bist.«

»Würdest du glauben, dass ein Löwe mich gerettet hat?« Erneut versuchte er zu lachen, nur um vor Schmerzen zu keuchen.

»Du meinst eine Löwin?« Sie konnte nicht umhin, empört zu schnauben. »Die Männchen haben riesige, fluffige Mähnen und sind verdammt faul. Ein männlicher Löwe hätte dich fressen lassen.«

»Was auch immer. Männliches Kätzchen. Mädchen. Ist egal. Er hat diesen Tiger davon abgehalten, mich zu fressen.«

Ihr Fell sträubte sich bei seinem abweisenden Tonfall. »Vielleicht solltest du ein wenig dankbarer sein.« Ein Teil von ihr wollte diesen Standpunkt vertreten, wollte, dass er erkannte, dass sie ihn auf eigene Gefahr gerettet hatte. Sie hatte keine andere Wahl gehabt, als sich zu verwandeln, um ihn vor dem Tiger im Zoo zu retten. Dann hatte sie sich wieder verwandelt, um ihn dort rauszuholen. Zu diesem Zeitpunkt war er bewusstlos gewesen und hatte sie nicht gesehen. Er hatte den Zusammenhang nicht erkannt.

Noch nicht. Aber wenn sie nicht vorsichtig war,

dann würde er ihr Geheimnis erfahren, und dann hätte sie keine Wahl.

Beanspruche ihn. Der Vorschlag ihrer Katze stand im Widerspruch zu der vorgeschriebenen Todesstrafe für Menschen, die zu viel wussten.

»Ich nehme an, jetzt, wo der Schlüssel weg ist, wirst du verschwinden«, sagte er. Die Wirkung der Schmerztabletten setzte offensichtlich ein, da er seine Beine über die Bettkante schwang.

»Ist es das, was du tust? Nach Hause gehen?«

»Was sonst sollte ich tun?«

»Ich bin überrascht, dass du so einfach aufgibst.« Und enttäuscht. Sie hatte ihn nicht für einen Aufgeber gehalten.

»Es hat nichts Einfaches an sich. Aber ohne den Schlüssel gibt es keine Suche«, war seine wütende Erwiderung.

»Warte, wir sind auf einer Suche?« Das klang wesentlich besser als der Job, der ihr bisher aufgetragen worden war.

»Das waren wir. Ohne den Schlüssel sitzen wir fest.«

»Sagst du. So wie ich es sehe, haben wir zwei Möglichkeiten. Die Leute mit dem Schlüssel verfolgen und ihn zurückholen, oder vor ihnen zum Schatz gelangen.«

»Es gibt kein Wir.« Er grunzte, als er aufstand und auf den Füßen schwankte.

»Es ist entweder wir oder ich, und wenn es nur ich

bin, solltest du wissen, dass du diese Zeit eingesperrt in diesem Raum verbringen wirst. Du entscheidest.« Sie zog eine Augenbraue hoch.

»Und ich werde als Verbrecher bezeichnet.«

Sie lächelte. »Ist das ein Ja?«

»Wie kann es sein, dass du mich erpresst, ich dich aber nicht hasse?«

»Weil ich süß bin.« Sie grinste ihn frech an.

»Manchmal. Du bist überwiegend hartnäckig.«

»Sehr. Aber du sollst wissen, dass ich eine sehr gute Partnerin abgebe. Frag einfach Zach.«

»Deinen Freund.«

»Nein.« Sie trat nahe genug an ihn heran, sodass sie aufsehen musste, um seinen Blick zu halten. »Das war nur eine Show. Ich bin Single. Verfügbar. Und meine Lieblingsposition ist auf allen vieren.« Wahr. Und ein schockierendes Eingeständnis. Sie wurde beinahe rot. Aber dann bemerkte sie seine Reaktion.

Er sog den Atem ein, schwankte und kippte beinahe um.

Sie legte eine Hand auf seine Brust. »Vorsichtig, Montgomery.«

»Was ist mit Peter passiert?«

»Kommt darauf an. Sind wir Partner?«

»Du willst ständig, dass wir ebenbürtig sind, und doch bin ich derjenige, der weiß, wo wir als Nächstes hingehen müssen.«

»Und ich bin diejenige mit den Verbindungen, um

uns dorthin zu bringen. Ich muss nur wissen wohin, damit ich den Transport arrangieren kann.«

»Zum einen wird es kein Arrangieren von irgendetwas geben, da es für diese Schlägertypen zu einfach nachzuverfolgen ist, falls sie mich immer noch beobachten. Und zum anderen bin ich mir nicht sicher.«

»Lügner. Du bist aus einem bestimmten Grund nach Europa gekommen.«

»Mehr wegen einer Ahnung basierend auf einem Rätsel, das ich vermutlich falsch interpretiere.«

»Du beziehst dich auf die Geschichte in diesem Märchenbuch für Kinder.«

Er beäugte sie scharf. »Hast du es gesehen?«

»Nein, aber ich wurde darüber in Kenntnis gesetzt.« Soll heißen, Zach hatte schnell durch das in Peters Wohnung gefundene Buch geblättert, damit sie durch die Bilder eine ungefähre Ahnung der Geschichte bekommen konnte. »Im Grunde genommen trifft Monster auf Mädchen, geht auf Suche, nutzt einen Schlüssel, um irgendeine Truhe zu öffnen. Und wenn sie nicht gestorben sind, dann leben sie noch heute.«

»Kurz gesagt, ja.«

»Wir werden diesen Schatz finden.«

»Vielleicht. Denk daran, selbst wenn er jemals existiert hat, ist er vermutlich schon lange weg.«

»Wirst du wirklich dieses Spiel spielen? Du denkst, er ist real und dass er immer noch dort ist.«

»Ich denke, dass das hier vielleicht ein fruchtloses

Unterfangen ist. Ich meine, denk darüber nach, ein versteckter Schatz, der gefunden werden kann, indem man Hinweisen in einer Kindergeschichte folgt?«

»Aber du glaubst es.«

Er zuckte die Achseln. »Das tue ich, und doch ist es verrückt. Ich bin verrückt. Ein richtiger Spinner. Ich bin erst vor ein paar Wochen aus einem gepolsterten Raum rausgekommen.«

»Nur weil du für wahnsinnig gehalten wurdest, ist es noch lange nicht wahr. Vielleicht haben die anderen dich einfach nicht verstanden.«

Das entlockte ihm ein gequältes Lachen. »Oh, sie haben mich schon verstanden. Das war ja das Problem.«

»Warum warst du dort?« Die medizinischen Berichte waren auf Russisch und enthielten nur einen zusammengefassten Paragrafen auf Englisch, der besagte, dass er davon überzeugt sei, von einer alten Dame und ihrem Tiger gejagt zu werden. Die Ärzte behaupteten, dass er unter einem psychotischen Bruch mit der Realität litt.

Aber sie sah es als Hinweis. Peter hatte etwas gesehen. Und sie würde herausfinden was.

Wenn er aufhörte, so stur zu sein.

»Ich wurde dorthin gebracht, weil sie mich nackt im Wald gefunden haben, wo ich Insekten gegessen habe.«

»Roh oder hast du sie zuerst gekocht, um sie zu knackigen Proteinbissen zu machen?«

»Das ist verdammt noch mal nicht lustig. Mein Leben ist kein Witz.«

»Ich habe es ernst gemeint. Ich persönlich mag sie gekocht mit einer Prise Salz und Chilipulver. Die besten sind Grashüpfer. Die großen. Sehr geschmacksintensiv.«

»Mit dir ist irgendetwas ernsthaft nicht in Ordnung, Nora.«

»Weil ich nicht in den üblichen westlichen Komplexen festhänge, wenn es um meine Proteinquellen geht? Insekten sind Fleisch der anderen Art.«

»Das ist einfach falsch und nur ein weiterer Grund, aus dem wir uns trennen sollten.«

Er versuchte erneut, sie zu verjagen, damit er den Schatz allein finden konnte. Genug. Es war an der Zeit, dass er erkannte, dass er nicht derjenige war, der das Sagen hatte. »Da du dich so sehr danach sehnst, dass ich gehe, viel Glück dabei, irgendwo hinzukommen. Du hast keinen Ausweis. Kein Geld. Nicht einmal eine Hose.« Sie blickte auf seinen Schritt, dann wieder zu ihm, als sie fortfuhr: »Obwohl du die Ausstattung hast, um auf dem Strich ein paar Mäuse zu verdienen.«

Sein Gesicht wurde rot. »Ich werde meine Schwester anrufen.«

»Mach nur. Ruf sie an. Sag ihr, wo du bist. Noch besser, vielleicht werde ich es tun und ihr sagen, sie soll herkommen, um dich selbst zu retten.«

»Das würdest du nicht wagen!«, knurrte er.

»Du hast recht, das würde ich nicht, aber du wirst es, denn ohne mich sitzt du fest. Viel Spaß.« Sie stand auf und wandte sich zum Gehen.

»Nicht.«

»Was nicht?«

»Geh nicht.«

»Warum?«

Er funkelte sie an. »Du weißt warum.«

Sie grinste. »Sag es, Peter. Sag, dass du mich brauchst.«

»Ich. Brauche. Dich.« Durch zusammengebissene Zähne hindurch gesprochen, und doch schnurrte ihre innere Katze praktisch.

»War das so hart?« Sie senkte den Blick und je mehr sie starrte, desto mehr bemerkte sie, dass nicht alle Teile von ihm schmerzten. »Ich sehe, dass es das ist. *Hart*«, schnurrte sie.

Seine Verlegenheit ließ ihn rot werden, aber er erholte sich genug, um zu sagen: »Da du so gut darin bist, Dinge in Ordnung zu bringen, tu das ruhig.«

»Vielleicht werde ich das tun.« Sie zwinkerte. »Du und ich werden ein großes Abenteuer erleben.«

»Wenn wir *über*leben. Obwohl meine Feinde den Schlüssel in den Fingern haben, jagen sie mich vielleicht, wenn sie herausfinden, dass ich noch am Leben bin.«

»Juhu!« Sie klatschte in die Hände. »Ich liebe Herausforderungen. Du nicht?«

Er beäugte sie und schüttelte den Kopf. »Mit dir ist irgendetwas ernsthaft falsch.«

»Ich ziehe es vor, es als ernsthaft richtig zu sehen. Jetzt lass uns über diesen angeblichen Schatz sprechen. Laut meiner Einweisung behauptet die Geschichte, dass es sich um irgendeinen Zauberspruch handelt, um ein Monster in einen Menschen zu verwandeln. Klingt faszinierend.«

Er prustete. »Und offensichtlich nicht wahr. Solche Magie existiert nicht.«

Sie zog eine Augenbraue hoch. »Wenn du nicht daran glaubst, warum jagst du ihm dann hinterher?«

»Aus demselben Grund, aus dem Archäologen nach Grabstätten und Mumien suchen.«

»Gold!«

Er schüttelte den Kopf. »Schon wieder falsch. Der wahre Wert wird in seiner Geschichte liegen. In seinem Alter. In der Tatsache, dass er einzigartig ist. Ich habe Käufer, die großes Geld zahlen werden, um was auch immer es ist in die Finger zu bekommen, nur um zu behaupten, dass sie es besitzen.«

»Du wirst einfach das, was wir finden, an den Höchstbietenden verkaufen?«

»Was sonst sollte ich damit tun?«

Was sonst ... »Was, wenn ich dir sage, dass ich jemanden kenne, der dir genug bezahlen würde, damit du dich zur Ruhe setzen kannst?«

»Ich würde fragen: ›Wie viel?‹«

Sie nannte eine lächerliche Zahl, die im Vergleich zu dem Vermögen des Rudels nicht allzu hoch war.

Seine Augen wurden groß. »Das würde funktionieren, wenn du mich nicht verarschst.«

»Wie wäre es, wenn ich dir jetzt ein Drittel gebe, als Zeichen des guten Willens. Dann den Rest, wenn wir es gefunden haben.«

»Was, wenn wir es nicht finden können oder es weg ist?«

»Dann behältst du trotzdem dieses Drittel.«

Er dachte einen Moment lang darüber nach. Dann nickte er. »Abgemacht.«

»Fantastisch. Ich nehme an, der nächste Schritt besteht im Arrangieren des Flugs. Wohin, Partner?«

»Erst, sobald ich das Geld habe.«

In diesem Punkt würde er nicht nachgeben. Was bedeutete, dass sie ihm ein Wegwerfhandy mit Datenzugriff bringen musste, das er nutzen konnte, um zu bestätigen, dass sie das Geld tatsächlich auf sein Konto überwiesen hatte. Erst dann zeigte er ihr die verschlüsselten Bilder des Buches, die sich in der Cloud befanden, zu der Melly immer noch keinen Zugang hatte.

Nora scrollte durch die Bilder, unfähig, den Text zu lesen, aber fähig, durch das Betrachten der Bilder den Sinn zu verstehen. Es half, dass er ihr eine gekürzte Version der Geschichte erzählte.

Als sie mit der Geschichte fertig waren, die in Teilen übersetzt worden war, die er zusammengesetzt hatte, war sie nachdenklich.

Und ein wenig schockiert. Sie brauchte einen Moment, um zu sagen: »Die Geschichte in deinem Buch ist ein wenig anders als die, von der ich gehört habe.«

»Weil mehrere Versionen im Umlauf sind.«

Was in ihr die Frage aufwarf, welche wahr war, denn in Peters Exemplar wurde die Zarin zur Bestie, anstatt dass das suchende Monster in einen Mann verwandelt wurde.

Kapitel Neun

»Es gibt zwei Versionen von der Geschichte?«
Nora blinzelte überrascht.

»Ja.« Eigentlich mehr als zwei, laut seiner Recherchen.

»Wie kommt es, dass du von ihnen weißt? Wie bist du überhaupt auf das Buch gestoßen?«

»Zufällig.« Bei ihrem fragenden Blick erklärte Peter es. »Ich habe durch einen Job davon erfahren.« Er stürzte sich in die Geschichte, denn warum auch nicht?

Es half, dass sie gespannt zuhörte, und vielleicht war es an der Zeit, einen Teil der Geheimkrämerei aufzuheben. Denn wenn er sterben würde, sollte jemand die Wahrheit kennen.

»Zu dieser Zeit war ich tatsächlich anständig. Ich habe nachts als Barkeeper gearbeitet und tagsüber Unterricht im Schweißen genommen.« Er fügte allerdings nicht hinzu, dass dieses Leben beschissen war. Es bestand aus Arbeit, Lernen und Schlaf.

»Klingt, als wärst du beschäftigt gewesen.«

»Meine Schwester hat mir immer wieder gesagt, es wäre die Mühe wert. Sie nervte mich wegen der Tatsache, dass ich weit über das Alter hinaus sei, in dem ich zur Vernunft kommen und hätte sesshaft werden sollen.« Es sollte angemerkt werden, dass er kein Problem damit hatte, ein Leben als Krimineller zu führen. Es waren die Polizei und seine Schwester, die sich ständig beschwerten.

»Echt? Du auch? Ich schwöre, seit meine Schwestern geheiratet haben und schwanger geworden sind, ist es alles, was ich höre. Zu Weihnachten. ›Wann wirst du dich verloben?‹ Silvester. ›Schon wieder Single?‹« Sie verzog das Gesicht.

»Willst du keinen Freund?«

»Bewirbst du dich?«

»Nein.« Obwohl er sich zu ihr hingezogen fühlte. Das Problem war, er hatte keine Ahnung, ob es erwidert wurde. Es wäre wirklich einfacher, wenn Mädchen Ständer bekämen, sodass Jungs es erkennen konnten.

»Gut, denn ich bin gern Single. Ich wollte nie sesshaft werden. Windeln und schmutziges Geschirr. Zu Hause bleiben und langweilig sein.« Sie drückte genau seine Empfindungen aus.

»Oder? Ich kenne ein paar Leute, die diesen ganzen ›Lass uns zu Hause bleiben und gemeinsam eine Familie großziehen‹-Mist mögen, aber ich persönlich würde lieber einen lustigen Betrug durchziehen oder Krabben schmuggeln.«

»Du hast Meeresfrüchte geschmuggelt?« Sie blinzelte ihn an.

»Einmal. Diese Mistkerle sind nachts ziemlich gruselig.« Ganz zu schweigen davon, dass er hätte schwören können, Gesichter in den Wellen gesehen zu haben, als das Boot mit seiner illegalen Ladung andockte. Weiblich mit fließendem Haar und verlockendem Lächeln.

»Ich sehe, dass die Akte, die ich über dich gelesen habe, nur ein paar deiner Talente aufgelistet hat.«

Moment, sie hatte seine Akte gelesen? »Was stand noch darin?«

»Das würdest du wohl gern wissen.« Ihr Blick fiel auf eine Stelle unterhalb seiner Gürtelschnalle, und vielleicht bewegte er sich auch, mehr um seine wachsende Erektion zu verbergen.

Verflucht, aber die Frau beeinträchtigte ihn. Jedes verdammte Mal, wenn sie einen Raum betrat, liefen seine Hormone Amok.

»Ich dachte, du wolltest von den beiden Büchern hören, die ich gefunden habe.«

»Bitte, erzähl mir mehr.« Sie wedelte mit einer Hand, ihre Güte gab ihm die Erlaubnis zu sprechen.

»Ein alter Freund ist bei der Arbeit auf mich zugekommen und sagte, er wüsste von jemandem, der für einen Job auf der Suche nach einem Mann mit meinen Fähigkeiten sei.«

»Und du hast Ja gesagt.«

»Ja.« Trotz des Wissens, dass seine Schwester wütend wäre. »Ich konnte nicht widerstehen. Bei der Suche nach dem Buch ging es nicht nur um das Geld.«

»Sondern auch um das Abenteuer.« Sie nickte. »Ich verstehe es. Was denkst du, warum ich meinen Job liebe?«

»Was genau ist dein Job?«

»So ziemlich alles, was ich will. Manchmal ist es Spionage. Akquisition. Ein paar im großen Stil«, prahlte sie. »Ich habe beschützt und entführt.«

»Warte, entführt?«

»Keine Sorge. Sie hatten es verdient.«

Was nichts erklärte, sie aber in einem anderen Licht erscheinen ließ. »Hast du jemals jemanden umgebracht?«, fragte er.

»Du?«, gab sie zurück.

»Nur einmal. Als ich im Knast war. Es war erstechen oder erstochen werden.«

»Du wurdest erwischt. Das ist schlampig.«

»Das ist mein Glück.«

»Ich würde sagen, dein Glück ist ziemlich gut, wenn du nur einmal erwischt wurdest.«

»Ich war ein paarmal kurz davor.« Zu kurz davor. Umso größer der Grund, warum er in Rente gehen sollte, und doch wollte er das Adrenalin nicht missen. Die Prügel, die er eingesteckt hatte, verblassten bereits

Wenn ein Löwe Sucht

in seiner Erinnerung, was bedeutete, dass er sich vermutlich wieder dumm verhalten würde.

»Also, das Buch«, sagte sie und brachte ihn so zurück in die Gegenwart. »Du wurdest angeheuert, um es zu finden. Was bedeutet, jemand wusste, dass es existiert und was es beinhaltet.«

Als die Wirkung der Schmerztabletten einsetzte, fiel es ihm leichter, sich zu bewegen, und er sehnte sich nach etwas zu essen. Hatte diese Wohnung eine gefüllte Küche? Er schlurfte zur Tür. »Natürlich wusste jemand, dass es existiert, sonst hätte er mich nicht angeheuert, aber ich habe den Käufer nie getroffen. In meiner Branche ist es selten, einen Klienten zu treffen. Sie bewahren sich gern eine gewisse Bestreitbarkeit.«

»Wie hast du das Buch aufgespürt?«

»Das hat eher der Klient getan und mich geschickt, um es zu holen. Der Job bestand aus einer Adresse und Beschreibung. Ein Schinken, in schwarzes Leder gebunden, mit Blattgold verziert. Darin eine illustrierte Geschichte. Alt.« Der Job? Den Tresor zu knacken, in dem es versteckt wurde, und es für eine fette Belohnung zurückzubringen.

Es stellte sich als lächerlich einfach heraus, wenn man bedachte, dass die Teenagertochter der Zielperson jede Nacht das Seitentor für ihren Freund unverschlossen ließ. Außerdem deaktivierte sie das Alarmsystem des Hauses.

Niemand bemerkte den zusätzlichen Schatten, der

die Villa betrat. Nicht ein einziges Knarzen verriet seine Anwesenheit, als er sich in das riesige Arbeitszimmer begab. Das Gemälde an der Wand war leicht und einfach zu entfernen und offenbarte einen eingebetteten Tresor im altmodischen Stil, aber das dämliche Aquarium im Büro mit seinem Gegurgel machte es ihm schwer und er konnte nicht einfach die Tür wegsprengen.

»Du bist ein Panzerknacker!«, hauchte Nora wie verwundert, nachdem sie seiner Geschichte mit gebannter Aufmerksamkeit gelauscht hatte. »Das ist cool.«

»Ich habe ein Händchen für Schlösser.« Er spielte seine angeborene Fähigkeit herunter. »Es ist keine große Sache. Überwiegend braucht man Ruhe. Absolute Ruhe.« Was der Grund war, aus dem er das Aquarium ausgestöpselt und dann sein Ohr auf diese große Schönheit von Tresor gedrückt hatte. Er schloss die Augen für die Außenwelt und lauschte nach innen. *Klick. Tick. Knack. Tock.*

Er bemerkte nicht einmal, dass er sich in diesen glücklichen Zen-Ort zurückgezogen hatte, bis sie sagte: »Du knackst gern Tresore.«

»Das tue ich. Es ist befriedigend.«

»Kannst du auch elektronische entsperren?«

»Ja, aber es vermittelt nicht dasselbe Gefühl.«

»Wenn wir die Gelegenheit dazu bekommen, würdest du mir zeigen, wie man es macht?«

Ihr zeigen? Er musste überrascht ausgesehen

haben, denn sie zog ihr Kinn ein und tat zum ersten Mal so, als wäre sie schüchtern. »Ich würde es gern lernen.«

»Sicher.« Er hatte es noch nie jemandem beigebracht. Bis zu ihrer Frage hätte er über den Gedanken gelacht. Jetzt wollte ihm nichts einfallen, das er lieber tun würde.

»Also, was hast du im Inneren gefunden?«

»Bücher. Im Plural. Was ich nicht erwartet hatte. Es half nicht, dass sie identisch aussahen.«

Welches wollten sie? Wussten sie überhaupt, dass es noch eines gab?

Beim Herausziehen war er mit den Händen über den Einband gefahren, wobei sich das erste wie beschrieben körnig anfühlte und muffig roch. Das andere ... es hatte einen Anflug von Kälte an sich, als hätte es sich in einem Kühlschrank befunden.

Er erschauderte, als er es öffnete. Er hätte schwören können, dass er eine kalte Brise spürte.

»Da ich nicht wusste, welches das richtige war, habe ich sie beide in meine Tasche gepackt. Aber ich habe nur eines von ihnen übergeben. Ich habe nie ein Wort von dem anderen gesagt.«

»Ich hätte dasselbe getan. Wie hast du entschieden, welches du behältst?«

Er würde nicht sagen, dass ihn eines von beiden beinahe zum Kribbeln brachte. Das war einfach nur seltsam, also hielt er sich an: »Ich mochte das mit dem unkonventionellen Ende.«

»Haben die Leute, die dich angeheuert haben, jemals von dem anderen Buch erfahren?«

Er schüttelte den Kopf. »Nein. Nicht dass ich wüsste. Und wie gesagt, es scheint, als wären verschiedene Versionen im Umlauf.«

»Also, wann hast du angefangen, den Schlüssel zu suchen?«

»Erst, als sie mich angeheuert haben. Ich habe mich mit dem Buch nur für den Fall bedeckt gehalten. Mein Plan war, es irgendwann im Darknet zu versteigern.« Nicht die ganze Wahrheit.

Er war zum Barkeeping zurückgekehrt, aber in seinen Pausen versuchte er, den Text im Buch zu entziffern, vergrößerte die Bilder, die er gemacht hatte, und führte Recherchen durch, um zu sehen, in welcher Sprache es verfasst war. Als das mächtige Google es nicht erkannte, wusste er, dass er auf etwas gestoßen war. Etwas Großes.

»Ich bin überrascht, dass du das mir gegenüber zugibst«, sagte Nora und unterbrach seine geistige Erinnerung. »Hast du keine Angst, dass ich dich wegen Diebstahls in die Pfanne haue?«

Er prustete. »Als würdest du immer den Gesetzen gehorchen.«

»Sehe ich für dich aus wie eine Kriminelle?«

»Definitiv wie ein böses Mädchen.«

Sie warf ihr Haar zurück. »Danke.«

»Wirst du nicht abstreiten, dass du eine Regelbrecherin bist?«

»Manchmal kommen sie mir in die Quere.« Ihr winziges Lächeln war so verdammt süß.

Er wandte den Blick ab und kehrte zu seiner Geschichte zurück. »Du willst von dem Schlüssel hören.«

»Erzähl mir zuerst mehr von dem Buch. Du hast es nicht verkauft. Du hast es übersetzen lassen.«

Sie war clever. »Das habe ich. Immerhin sollte ein guter Verkäufer sein Produkt kennen. Nach vielen Recherchen habe ich entdeckt, dass es ein ungenutzter mittelalterlicher russischer Dialekt war, der nur von einem einzigen Professor unterrichtet wurde.«

»Und anstatt jemandem in Russland wegen der Übersetzung eine E-Mail zu schreiben, bist du dorthin gereist, um ihn zu treffen?«

»Ja. Aus zwei Gründen. Dieselben Leute, die mich angeheuert hatten, um das Buch zu finden, waren bereits auf der Suche nach dem Schlüssel. Sie hatten einen Vorsprung.«

»Aber du hast ihn gefunden.«

»Eigentlich haben sie das getan. Sie hatten mich angeheuert, ihn für sie zu holen.«

»Aber du hast ihn nie übergeben.«

»In dem Moment, in dem sie fragten, habe ich eine Möglichkeit geplant, ihn für mich zu behalten. Da habe ich die Nachbildung anfertigen lassen, basierend auf den Bildern im Buch. Ich habe es geschafft, den richtigen zu bekommen, und hatte die Kopie bereit, um sie zu übergeben, als ich ...« Wie sollte er seine nächsten furchterregenden Momente zusammenfassen? »Aufgehalten wurde.«

»Du bist verschwunden und deine Käufer haben den Schlüssel nicht bekommen. Überraschend ist, dass sie nicht sofort deine Wohnung auf den Kopf gestellt haben. Laut der Berichte hat deine Schwester monatelang in deiner Wohnung gewohnt, bevor jemand daraufkam, sie auf der Suche nach dem fehlenden Schlüssel auseinanderzunehmen.«

»Sie dachten vermutlich, ich hätte ihn bei mir.« Denn er wusste genau, dass sie nach ihm gesucht hatten. Seine Schwester monatelang beobachtet hatten, bevor sie sie bedrohten, in der Hoffnung, sie zu nutzen, um ihn hervorzulocken.

Es hätte nicht funktioniert, da er immer noch Vögel in einer psychiatrischen Anstalt fing. Ein schickes Wort für ein altes, zugiges Gebäude mit durch Drogen fügsam gehaltenen Insassen.

»Hast du dich während dieser sechs Monate versteckt?«

»Weniger versteckt als inhaftiert.«

»Durch das Irrenhaus. Aber was ist mit den Wochen davor? Wo warst du?«

Im Griff des puren Bösen? Zu viel? Er hielt sich an: »Ich wurde von jemandem gefangen gehalten, der ein Hühnchen zu rupfen hatte.«

»Wer?«

»Der ursprünglichen Besitzerin des Schlüssels. Allerdings war sie wütender darüber, dass ich ihr und ihrem Haustiger entwischt war als über den eigentlichen Diebstahl.«

»Warte, der Tiger und der Mist, von dem du gesprochen hast, waren also real?«

»Teile davon waren es, zum Beispiel der Teil, bei dem sie mich eingesperrt und verletzt hat, um ihr Haustier zu unterhalten.«

Abneigung durchzog ihr Gesicht. »Das ist krank! Ich werde den Namen dieser Dame brauchen.«

»Ich befürchte, das wird dir nichts nützen. Sie ist verschwunden. Man glaubt, dass der Tiger, der in ihrem Haus gefunden wurde, sie vielleicht gefressen hat.«

»Passiert, wenn sie alt werden«, war ihre merkwürdige Antwort. »Also die alte Dame hat dich gefoltert, bis du entwischt bist. Was dann?«

»Ich habe eine Weile im Wald wie ein Tier gelebt, bis sie mich gefunden und in die Klapse gesteckt haben. Dort haben sie mich mit Drogen vollgepumpt, weil ich nicht aufgehört habe, über den Tiger zu reden. Da hat Lawrence mich dann gefunden.«

»Währenddessen wollten die Leute, die dich angeheuert hatten, verzweifelt den Schlüssel in die Finger bekommen. Ich verstehe allerdings nicht, warum sie nicht davon ausgegangen sind, dass der, der im Fluss verloren ging, das einzige Exemplar war.«

Nora war gut informiert. Er zuckte die Achseln. »Ich weiß nicht, warum sie plötzlich wieder interessiert sind.«

»Irgendwie haben sie herausgefunden, dass es eine Kopie war. Was in mir die Frage aufwirft, ob sie wissen, dass das Buch, welches du ihnen gegeben hast, etwas anders ist als das, das du behalten hast.«

»Nur geringfügig«, entgegnete er. »Leichte Abwandlungen im Wortlaut.«

»Zum Beispiel, dass die Zarin stattdessen zur Bestie wird und umgekehrt.«

»Was genauso dumm ist wie die andere Version, von der ich gehört habe, in der das Monster zu einem Mann wird.«

»Du hältst es nicht für möglich?«, fragte sie, als meinte sie es wirklich ernst.

Er konnte nicht umhin zu schnauben. »Werwölfe sind nicht real. Es ist technisch gesehen einfach unmöglich.«

»Und existieren nicht doch in den Legenden fast jeder Kultur Gestaltwandler?«

»Das macht sie nicht real. Früher herrschte auch der Glaube vor, Sonne und Mond würden nur wegen der Götter aufgehen. Dass Opfer für eine gute Ernte gebracht werden konnten.«

»Es gibt Dinge auf dieser Welt, die Menschen vor nur einem Jahrhundert wunderlich erschienen wären. Sieh dir die Technologie und ihre Evolution an.«

»Technologie ist gebaut. Biologie ist statisch.«

Sie lachte, als wäre es die lustigste Sache überhaupt. »Für einen Mann, der an eine Schatzsuche glaubt, bist du bei anderen Angelegenheiten fürchterlich steif.«

»Ich werde zugeben, dass ich nicht weiß, ob dieses Buch und der Schlüssel zu irgendetwas führen. Vermutlich Katzengold, aber ...« Er zuckte die Achseln. Was, wenn er das große Los ziehen konnte? Den Treffer aller Treffer. Selbst wenn nicht, reizte ihn das Abenteuer selbst trotzdem.

»Wenn wir annehmen, dass das Buch und seine Geschichte Hinweise sind, dann können wir die Reise des Helden nachmachen, sofern wir den Anfangspunkt finden. Welcher hier wäre.« Sie fand das Bild, das sie gesucht hatte, und zeigte darauf. »Irgendein Ort mit Sanddünen, wo wir das Versteck der Maus betreten müssen, um den Weg zum eisigen Feld zu finden.« Sie blätterte weiter, aber er schnellte nach vorn.

»Warte, was hast du gesagt? Geh eine Seite zurück.«

»Warum? Hast du etwas gesehen?« Sie blätterte zum vorherigen Bild, wo die weiße und silberne Illustration hell schimmerte.

»Du hast das als Eisfeld bezeichnet.« Er zeigte darauf.

»Was sonst sollte es sein?«

»Das Buch bezeichnet es als Land der Diamanten. Aus irgendeinem Grund habe ich es wörtlich genommen. Ich habe versucht, einen Weg zu finden, um mir einige der Minen in Russland anzusehen, ohne wegen unerlaubten Betretens erschossen zu werden. Ich habe nie daran gedacht, dass es Eis sein könnte.«

»Der Vorteil, der Geschichte nicht zu nahe zu sein«, scherzte sie. »Weshalb ich fragen muss, was verleitet dich zu der Vermutung, dass der Schatz in Russland ist?«

»Wo sonst sollte er sein?«

»An einem tropischen Ort, da es an einem Strand anfängt.« Sie zeigte auf das frühere Bild von Dünen am Wasser.

»Sibirien hat solche sandigen Hügel.«

»Klingt, als würdest du es vielleicht ein wenig weit herholen. Besonders da der letzte Ortshinweis ein Vulkan mit einem Tunnel ist. Klingt für mich immer noch eher tropisch.«

»Nur dass es in Russland Vulkane gibt, zum Beispiel die bei der Halbinsel Kamchatka.«

»Ich nehme an, es ist möglich.« Sie biss sich auf die Unterlippe. »Aber was, wenn du falschliegst und wir in die falsche Richtung gehen?«

Ihm rutschte das Herz in die Hose. »Wir werden niemals den Schlüssel zurückbekommen oder vor ihnen bei dem Schatz ankommen.«

»Du hast *wir* gesagt.« Sie grinste. »Endlich bereit zuzugeben, dass du mich brauchst?«

»Ich brauche die Belohnung, die ich für das Lösen dieser Sache bekomme.«

»Wie sicher bist du dir? Bist du bereit, deinen Worten Taten folgen zu lassen?«

»Bedeutet?«

»Wenn du falschliegst und es nicht in Russland ist, bekommst du kein Geld mehr.«

Auf eine Ahnung wetten? Er streckte die Hand aus. »Die Wette gilt.«

Kapitel Zehn

»Also, wohin zuerst?«, fragte Nora.

»Ein Teil von mir will einfach nach diesem letzten Vulkan suchen, aber ...« Peter verstummte und zuckte die Achseln, sein Ausdruck war verlegen.

»Ich verstehe schon. Im Buch muss der Held die Suche in der richtigen Reihenfolge vornehmen, sonst wird er den Schatz nie finden.« Sie lachte. »Ich nehme an, wenn wir es tun, dann sollten wir es richtig machen. Erster Halt, die Sanddünen in Sibirien.«

Da sie begierig darauf zu sein schien, ihre Reise zu buchen, gestattete er ihr, sich darum zu kümmern, und war froh darum. Es bedeutete Erste-Klasse-Flüge ins Herz von Russland. Sobald sie dort angekommen waren, hetzte sie sie zu dem Bahnhof, wo sie nicht nur ein privates Abteil hatten, sondern auch jeglichen anderen Schnickschnack.

Er setzte sich auf den luxuriösen Sitz und seufzte. »Das ist das Leben.«

»Wir können genauso gut stilvoll reisen, wenn man bedenkt, dass wir diesen Komfort möglicherweise jederzeit verlieren könnten«, behauptete sie.

»Wie sieht der Plan aus, sobald wir den nächsten Bahnhof erreichen? Reiten wir in die Wüste?«

»Du wirst sehen. Es ist eine Überraschung.« Gruseligere Worte waren nie gehört worden.

Auf der anderen Seite hatte er nicht den Eindruck, dass sie tatsächlich erwartete, ohne Komfort leben zu müssen. Sein Rucksack mit Vorräten enthielt mehr als ihre Tasche. Sie reiste gern mit leichtem Gepäck, zumindest behauptete sie das. Sie hatte auch geprahlt: *»Ich bin eine sehr gute Jägerin und kann mich mühelos selbst ernähren.«*

»Ich würde lieber in einem Bett schlafen«, war seine gegrummelte Antwort gewesen. Gleichzeitig wahr und falsch. Er genoss seine leiblichen Genüsse, aber er liebte auch das Hochgefühl einer Suche. Wenn man sich aufmachte, um ein Mysterium zu lösen. Um einen Schatz aufzuspüren. Um alle anderen zu überlisten.

»Ich gehe davon aus, dass die Dünen sich bewegt haben, seit das Buch geschrieben wurde«, sagte er, während sie auf den Beginn ihrer Reise warteten.

Sie streckte ihr Handy auf einem Selfie-Stick aus und richtete es seltsamerweise auf ihr Fenster. Um was zu tun? Filmte sie den Bahnhof draußen? Sollte er sie daran erinnern, nicht in den sozialen Medien zu posten?

»Wenn der Schatz einfach zu finden war, dann ist er bereits verschwunden. Wir müssen davon ausgehen, dass er das nicht ist.«

»Sicherlich sind wir nicht die Ersten, die es versuchen.« Je näher sie ihrem Ziel kamen, desto besorgter war er, dass sie sich auf ein möglicherweise fruchtloses Unterfangen begeben hatten.

»Laut dem Buch muss man den Schlüssel benutzen, um zum Schatz zu kommen.«

»Wir haben den Schlüssel nicht.«

»Noch nicht. Du bist ein professioneller Dieb. Stiehl ihn zurück.«

Sie sagte es, als wäre es einfach. Und das wäre es vielleicht, wenn sie die Schlägertypen einholen konnten, die ihn genommen hatten.

»Wir wissen nicht einmal, ob es der richtige Schlüssel ist.« Er ignorierte sein Bauchgefühl, welches sagte, dass er es war.

»Es ist aber der einzige Schlüssel, von dem wir wissen. Obwohl sie sich die allergrößte Mühe gegeben hat, hat Melly nichts gefunden, bis auf eine weitere billige Kopie des Märchens, aber in dieser Version stirbt der Held, bevor er den Schatz erreichen kann, und die Heldin stürzt sich von einem Balkon.«

»Das ist irgendwie ein Gebrüder-Grimm-Ende.«

»Mir gefällt es«, war ihre dunkle Antwort, die ihn zum Lachen brachte. »Wir sind dabei, sie zu beschaffen, um sie mit der Version zu vergleichen, die du zurückgelassen hast.«

»Ich frage mich, warum es all die Unterschiede gibt«, dachte er laut nach.

»Nur das Ende scheint sich zu ändern. Ansonsten sind sie beinahe gleich. Die Suche. Der Ort. Nur das Ergebnis verändert sich, basierend auf kleinen Dingen.«

»Es sind die kleinen Dinge, die dich normalerweise letzten Endes erwischen. Wie die Maus bei dem ersten Hinweis.«

»Sicherlich kann es nicht so schwer sein, eine Maus in der Wüste zu finden«, sagte sie.

»Wirst du jedem einzelnen Nagetier folgen, das du aufspürst?« Hörte sie die Dummheit darin?

»Wie sieht dein Plan aus?«

»Das Folgen der Maus ist eher symbolisch. Mit anderen Worten, er sieht etwas Lebendiges und reist dorthin, was ihn aus der Wüste hinaus und in die Eisfelder führt. Die offensichtlich nicht existieren, da es keine an der Grenze zu den sibirischen Dünen gibt.«

»Wenn du nicht an die Maus glaubst, bedeutet das dann, dass ich sie zum Frühstück essen kann?«

Da sie die Frau war, die zugegeben hatte, Insekten zu verspeisen, befürchtete er, dass sie keine Scherze machte. »Brätst du Stücke davon mit deinen Eiern?«

»Jetzt verhältst du dich einfach nur seltsam. Sie geben eine tolle Brühe für einen Eintopf ab, den man den ganzen Tag simmern lässt. Fang morgens an und zum Abendessen ist er fertig.«

»Das ist widerlich.«

»Nur wenn man sie nicht zuerst abwäscht.«

Darauf hatte er keine Antwort. Gar keine. »Ich werde mich morgens an mein Müsli und abends an meine Nachos halten, denke ich.«

»Es ist gut, dass ich schon gesehen habe, wie du Fleisch isst, ansonsten würde ich mir Sorgen machen, dass ich mit einem Pflanzenfresser reise.«

»Was für ein Schreck«, spottete er.

»Ernsthaft. Die vegane Bewegung besorgt mich. Warum sollte jemand jemals fleischloses Fleisch wollen? Es ist einfach falsch. So falsch«, jammerte sie.

»Gesprochen wie ein wahrer Fleischfresser.«

»Du hast ja keine Ahnung«, murmelte sie so leise, dass er es fast nicht hörte.

Der Zug setzte sich in Bewegung und sie zog schließlich ihren Selfie-Stick nahe genug heran, um ihr Video abzuspielen.

»Was hast du aufgenommen?«

»Die Leute, die nach uns eingestiegen sind. Ich habe es in eine Cloud hochgeladen, wo Melly es durchlaufen lassen und sehen kann, was unser Gesichtserkennungsprogramm bemerkt.«

Die Antwort erstaunte ihn für eine Sekunde. »Ihr nutzt Gesichtserkennung?« Das war Zeug der Extraklasse.

»Wir haben allerhand Werkzeuge. Denk daran,

wenn du das nächste Mal wegzulaufen versuchst.« Sie tippte auf den Bildschirm ihres Handys und wischte. Hatte sie etwas gesehen?

»Denkst du, jemand ist uns gefolgt?«

»Wenn die, die angeheuert wurden, um dich zu finden, auch nur annähernd gut in dem sind, was sie tun, dann ja. Immerhin waren sie bisher ziemlich genau damit, wo und wann sie zuschlagen sollten.«

»Ein wenig zu genau. Ich beginne, mich zu fragen, ob vielleicht der Mann meiner Schwester versucht, mich loszuwerden.« Denn sie war die einzige Person, mit der er geredet hatte. Während er wusste, dass sie ihn nicht verraten würde, konnte er dasselbe nicht über Lawrence behaupten. Dieser Mann hatte Geheimnisse und eine Seite, von der er wetten würde, dass Charlie nichts davon wusste. Eine dunkle Seite.

»Wenn er dich würde loswerden wollen, würde er es selbst tun. Lawrence ist kein Weichei.«

»Du kennst ihn gut, oder?«, knurrte er beinahe, nur um in der letzten Sekunde zu erkennen, dass seine Wut der Eifersucht entsprang.

»Seit ich ein Kind war. Er ist der Cousin eines Cousins.«

»Und ist Lawrence derjenige, der das Sagen hat?« Er hatte immer noch keine klare Vorstellung davon, für wen Nora arbeitete.

»Er ist nicht mein Boss.«

»Aber dein Boss ist derjenige, der den Schatz kauft, wenn wir ihn finden?«

»Was bist du neugierig. Das sind genügend Fragen für den Moment. Wir sollten ein wenig schlafen. Es steht ein großer Tag an.« Dann fuhr sie damit fort, genau das zu tun, indem sie sich mit geschlossenen Augen auf ihrem Platz zurücklehnte.

Peter tat sein Bestes, sich ihr anzuschließen, aber als wäre die Rückkehr nach Russland ein Auslöser, fand er sich jedes Mal in diesem Keller wieder, wenn er die Augen schloss. In den Boden gegraben und die Wände wurden durch Holz und Betonklötze gestützt. Der Boden bestand aus Dreck und Steinen.

Irina – eine alte Dame, die es irgendwie geschafft hatte, einen erwachsenen Mann zu entführen – hielt ihn in diesem Keller fest, eingesperrt in einen Käfig. Zu niedrig, um zu stehen. Kaum breit genug, um sich hinzulegen.

Sie nahm seine Klamotten. Seine Identität. Sie sprach mit ihm kein Englisch und kein Flehen half ihm. Sie kam morgens, mittags und abends mit einem Teller Nahrung. Spritzte ihn nach Belieben mit eiskaltem Wasser ab.

Er hasste die eisigen Duschen, da sie die Einleitung für wahren Horror waren.

Irina trampelte diese hölzernen Stufen hinauf und ließ seinen Käfig unverschlossen. Beim ersten Mal war er mit solcher Hoffnung erfüllt gewesen. Er war diesen Stäben entkommen und zum nächsten Kellerfenster gelaufen. Es war zugenagelt gewesen, und selbst wenn er das Glas hätte zerbrechen können, waren die Gitterstäbe zu schmal, als dass er sich hindurchquetschen könnte.

Und in dem Moment hörte er, wie sich die Kellertür öffnete. Ihr musste eingefallen sein, dass sie vergessen hatte, ihn einzusperren. Sicherlich konnte er eine kleine alte Dame überwältigen. Er lief zur Treppe, wo er abrupt stehen blieb.

Er hätte schwören können, dass der Tiger auf der Treppe ihn angrinste. Als er schluchzend in seinen Käfig kroch, in dem Versuch, Zähnen, Krallen und – am schlimmsten – dieser rauen Zunge zu entkommen, war er halb tot.

Irina pflegte seine Wunden und zwei Tage später kam wieder der Schlauch heraus. Gefolgt von ihrem Tiger. Wiederholung.

Bis er die alte Dame schließlich austrickste. Sie war nach unten gekommen und hatte seinen Teller auf den Boden gestellt. Er rührte sich nicht. Als sie zum Mittagessen zurückkehrte, war sein Essen unangerührt. Er lag noch an derselben Stelle.

Sie roch an ihm. Pikste ihn mit ihrem Stock. Er bewegte sich nicht. Zuckte nicht zusammen, als sie härter zustieß.

Sie murmelte etwas auf Russisch, bevor sie den Käfig öffnete. Er hoffte, dass sie nicht seinen hämmernden Puls hören würde.

Sie griff nach ihm und er bewegte sich, um seine Schulter in sie zu stoßen und sie aus dem Gleichgewicht zu bringen. Dann eilte er zur offenen Tür und schlug sie hinter sich zu.

Schloss ab. Wandte sich der alten Dame zu, deren Augen vor Zorn glühten. Und als sie knurrte, erinnerten ihn ihre großen Zähne an andere.

Er floh. Rannte wie ein wildes Tier in den Wald, zuckte bei jedem Kratzen eines Astes zusammen in der Erwartung von Krallen. Wimmerte, wenn er dachte, zwischen den Blättern gestreiftes Fell zu sehen.

Die Scham über seine Angst weckte ihn und er erwischte Nora dabei, wie sie ihn beobachtete.

»Hattest du einen Albtraum?«

»War es das Geschrei, das es verraten hat?« Er konnte den Sarkasmus nicht zurückhalten.

»Worum ging es?«

»Nichts.«

»Das Nichts, von dem du behauptest, dich nicht daran zu erinnern?«, fragte sie, ein wenig zu scharfsinnig.

»Warum scherst du dich darum?«

»Das tue ich nicht. Ich bin neugierig. Du erinnerst dich offensichtlich an mehr, als du zugibst.«

»Das würde ich lieber nicht. Du hast meine Narben gesehen.«

»Und? Du bist geheilt.«

Er beäugte sie. »Es hat wehgetan.« Das erschien ihm offensichtlich.

Sie prustete. »Das tun viele Dinge. Hast du Albträume über all deine Auas?«

Wie konnte sie es wagen, sein Trauma herunterzuspielen? »Ich wäre beinahe gestorben.«

»Aber du bist es nicht. Wirst du für den Rest deines Lebens deswegen ein Drama-Lama sein?«

»Du bist nervig«, knurrte er.

»Dann sag mir, ich soll die Klappe halten.«

»Halt die Klappe.«

»Bring mich dazu«, sagte sie mit einem Grinsen.

Es gab nur eine Art, die ihm einfiel, die tatsächlich funktionieren könnte. Bevor er sich sagen konnte, dass es eine schlechte Idee war, beugte er sich vor und küsste sie.

Er wollte ihr einen kurzen Kuss geben, genug, um sie zum Schweigen zu bringen, aber die leichte Umarmung wurde zu einer verweilenden Berührung, die darin resultierte, dass er vor ihr kniete. Mit den Händen umfasste sie sein Gesicht, während sie seinen Mund verschlang. Ihre Zungen trafen sich. Ihre Atmung wurde hektisch und bevor er sichs versah, waren seine Hände unter ihrem Hemd und er umfasste ihre Brüste und rieb mit den Daumen über ihre Brustwarzen.

Er schob ihr Hemd nach oben und ließ seinen Mund dorthin folgen, wo seine Finger sich schon hingewagt hatten, dann saugte er durch den BH an ihrer Brustwarze. In seinem Hinterkopf schrie ein Teil von ihm, dass er sich unvernünftig verhielt. Aber es war nicht mehr genügend Blut in seinem Kopf, um sich darum zu scheren.

Sie war diejenige, die ihre Hose so weit nach unten zog, dass sie sie ausziehen konnte, dann spreizte sie ihre Beine für ihn. Kurze, goldene Locken eng an ihrem Schritt, geschmeidige Oberschenkel und glänzende, pinkfarbene Schönheit.

Es war wild und verrückt. Er drückte an ihren Beinen, sodass ihre Knie gebeugt waren, ihre Fersen auf dem Sitz, was sie für ihn entblößte. Er nutzte es voll aus, leckte an ihr, kostete ihre Honigsüße und liebte es, wie sie keuchte, als er ihre geschwollene Knospe berührte. Er stöhnte, als sie sein Haar packte und zischte: »Finger mich, während du leckst.«

Mit Freude. Ein Finger, zwei, mit dreien wurde es wirklich eng und er spürte, wie sie sich um ihn herum anspannte, während sich ihre Hüften zusammen mit den Bewegungen seiner Zunge bewegten. Das Zucken, als sie kam, brachte ihn zum Stöhnen.

Sie ritt seine Hand und ihr Höhepunkt war eine anhaltende Welle, die sie nach Luft schnappen ließ. »Ja, ja, jetzt fick mich.«

Oh, zum Teufel, ja, er wollte sie vögeln. Er erhob sich auf seine Knie und öffnete seine Hose. Sein harter Schwanz sprang nach vorn, bereit, sich zu vergraben, als es klopfte.

Er ignorierte es und rieb die Spitze seines Schwanzes an ihr.

Aber sie beäugte ihn nicht mehr mit Leidenschaft. Stattdessen beäugte sie die Tür.

Der Griff ihres abgeschlossenen Abteils klapperte.

Was zur Hölle? Er stand auf und bedeckte sich wieder, während sie sich schnell ihre Hose anzog. Es gab ein dumpfes Geräusch an der Tür.

»Jemand versucht reinzukommen.« Er konnte seine ungläubige Bemerkung nicht zurückhalten.

»Ich nehme an, wir werden doch verfolgt.«

»Was sollen wir tun?« Denn ihre Optionen schienen auf zwei Dinge beschränkt zu sein – hoffen, dass sie die Tür nicht aufbrachen, oder sie zuerst überwältigen. Er suchte in seinem Rucksack nach einem Messer, während Nora ihre Tasche überzog und am Fenster stand.

Bums.

»Warum zur Hölle verfolgen sie uns immer noch?«, murmelte er.

»Pack deine Sachen. Wir gehen.«

Eine gute Idee. Er stopfte seinen Mantel in den Rucksack und zog seine Schuhe an. Erst dann fragte er sich, wo sie hingingen. Der Zug bewegte sich immer noch. Um auszusteigen, müssten sie an der klopfenden Person vorbei.

Bums.

Der Zug wurde langsamer und er schwankte auf seinen Füßen. Sie fuhren wohl eine Kurve.

»Hier steigen wir aus«, verkündete Nora.

Er hätte Fragen gestellt, aber sie schlug das Fenster ein. Sie holte es tatsächlich aus seinem Rahmen. Das Abteil füllte sich mit einem kalten, frischen Wind, während der Zug weiter über die Schienen raste.

»Wir können nicht abspringen«, rief er, während die Tür weiter klapperte.

»Hast du eine bessere Idee?« Nora stand am Fenster.

Draußen war es dunkel, was bedeutete, dass er sich die vorbeiziehende Landschaft nur vorstellen konnte. Er spürte die kalte Schärfe der Luft und fragte sich, ob er verrückt war.

Und dann erinnerte er sich daran, dass er es laut den Ärzten tatsächlich war.

»Irgendwelche Ratschläge, um nicht zu sterben?«, fragte er, als er sich von der Tür abdrückte und zum Fenster stürzte.

»Kopf einziehen und abrollen.«

Kapitel Elf

DA SIE EINE KATZE WAR, LANDETE NORA IN EINEM langsamer werdenden Lauf auf beiden Füßen. Während ihr menschlicher Partner mit der Schulter auf den Boden traf und dann stolperte, bevor er mit dem Gesicht voran auf dem Boden anhielt.

»Uff«, stöhnte sein ungeschickter Kadaver.

»Du bist am Leben!«, verkündete sie für den Fall, dass er sich nicht sicher war.

»Warum kann ich kein normales Leben haben?« Peter drehte sich auf den Rücken, dann drückte er sich auf die Knie. »Scheiße, ich werde zu alt für so was. Lass uns verschwinden, bevor sie anfangen, uns zu verfolgen.«

»Gute Neuigkeiten. Niemand folgt uns.«

»Auch wenn ich deinen Optimismus mag, sind sie vermutlich ebenfalls gesprungen.« Er verzog das Gesicht, als er seine Gelenke bewegte, und sie hoffte, dass er nicht seine frisch geheilten Rippen verletzt hatte.

»Ich habe ihm nicht genug bezahlt, um das zu tun«, rutschte die Wahrheit aus ihr heraus.

Das blieb bei Peter nicht unbemerkt. »Warte eine Sekunde. Was meinst du mit ›bezahlt‹?«

»Na ja, ich hatte das Gefühl, dass du dich gegen die ganze Sache, nachts aus einem Zug zu springen, sperren würdest, also habe ich einen Anreiz angeheuert.«

»Du hast einen Angriff vorgetäuscht, um mich springen zu lassen? Du bist verdammt noch mal verrückt«, rief er. »Ich hätte sterben können. Oder mir etwas brechen.«

»Aber das hast du nicht. Ich habe die Stelle gewählt, wo der Zug wegen einer Kurve immer langsamer wird, und sieh mal, weiche, sandige Landung.« Sie stieß mit dem Schuh auf den Boden.

»Weich für wen?«, war seine ungläubige Antwort.

»Ich hatte keinerlei Probleme.« Die todsichere Bemerkung, um den Stolz eines Mannes zu reizen.

»Denn ich schwöre, du bist zum Teil Katze.«

»Mindestens fünfzig-fünfzig«, sagte sie in dem Wissen, dass er denken würde, sie scherzte.

Er klopfte sich ab. »Du hättest mir deinen Plan einfach erzählen sollen, anstatt deswegen zu lügen.«

»Sei nicht so mürrisch. Ich verstehe es, du hast Kavaliersschmerzen. Nicht meine Schuld, dass du ein sehr schlechtes Timing hast, wenn es darum geht, dich an mich ranzumachen. Ich meine, fünf Minuten früher und wir wären fertig gewesen. Verdammt, abhängig von deiner Geschwindigkeit wäre es vielleicht weniger gewesen.«

»Ich – verflucht! Du ... meine Güte. Gottverdammt.« Er murmelte weiter, als er sich von ihr entfernte.

»Sei nicht wütend«, rief sie ihm hinterher.

»Ich bin nicht wütend.«

»Würdest du dich besser fühlen, wenn wir jetzt Sex hätten?«, bot sie an und war bereit, sich auszuziehen, um ihm dabei zu helfen, ein Ventil für seinen Frust zu finden.

»Nein.«

»Also das ist eine Lüge«, behauptete sie, als sie ihn einholte. »Wir wissen beide, dass ein Höhepunkt sich gut anfühlt.«

»Vielleicht will ich nicht mit dir kommen.«

»Für wen sonst willst du kommen? Hm?« Hoppla. Ein wenig Eifersucht war herauszuhören.

»Für meine Hand, wenn das alles ist, was verfügbar ist.« Er stapfte weiter.

Sie folgte und ließ ihn seine Wut abarbeiten. Vielleicht hätte sie ihren Plan nicht vor ihm verbergen und ihn stattdessen ebenbürtig behandeln sollen. Das Problem war, dass sie nicht ebenbürtig waren. Sie konnte ihn wortwörtlich in zwei Hälften brechen. Sie würde ihn vielleicht auch umbringen müssen, wenn er eine Bedrohung für das Rudel darstellte.

Paar dich mit ihm.

Ihre verdammte Katze hatte eine Lösung, um alles in Ordnung zu bringen. Die eine Sache, die sie nicht tun würde. Gebunden sein. Igitt. Nein. Niemals.

Als sie über ihren ersten Sandbuckel gingen, lieferten ihnen die Sterne und der Mond genügend Licht, um die Dünen zu sehen, aber kein Wasser. »Da du mit solcher Zielstrebigkeit zu marschieren scheinst, nehme ich an, dass du weißt, wo du hingehst«, brüllte Nora.

»Nein. Und der Held wusste es auch nicht.« Dessen Namen sie immer noch nicht erfahren hatte. Vermutlich etwas Unaussprechliches.

»Da war Wasser in dem Bild. Vielleicht sollten wir danach suchen.«

»Was, wenn der Klimaumschwung oder ein anderes natürliches Vorkommnis es vernichtet hat?« Er warf ihr einen Blick zu. »Ich habe die Karten studiert. Habe versucht, einen Weg zu finden, wie die Route Sinn ergibt. Aber die Dünen sind nicht mit Eis verbunden. Und das Eis berührt nicht die Vulkane.«

»Muss die Reise Sinn ergeben?«

»Ja, weil er keine Wochen braucht, um überall hinzureisen.«

»Vielleicht hatte er ein schnelles Pferd.«

»Und wir laufen zu Fuß umher.« Er hielt inne und beäugte sie. Die Hände in die Hüften gestemmt. Die Lippen zusammengepresst. Der Körper angespannt vor Wut. »Was genau hast du dir gedacht, als du entschieden hast, dass wir mit kaum Vorräten hinaus in das wilde Unbekannte springen sollen?«

»Dass wir eine Maus finden und ihr folgen sollten.«

Er starrte sie an. Sagte eine Sekunde lang nichts. Starrte nur.

»Was? Es ist im Buch.«

»Jede Maus ist vermutlich bereits lange tot.«

»Es sei denn, sie kann ewig leben oder Kinder haben, die das Zepter weitergeben.« Sie hatte für alles eine Antwort.

»Du weißt schon, dass du wortwörtlich davon sprichst, eine Maus zu finden, um uns einen Geheimgang zu zeigen. Scheiße.« Er rieb sich das Gesicht. »Was habe ich mir nur gedacht? Das ist verrückt.«

»Aber lustig«, behauptete sie, als sie ihn schließlich einholte. »Vielleicht werden wir nichts finden. Ist das wirklich wichtig, wenn der beste Teil darin besteht, dort anzukommen?«

»Du bist anders als andere Leute, so wie du die Dinge siehst.«

»Das bin ich.« Es hatte keinen Sinn, es zu leugnen.

»Du hast uns von einem fahrenden Zug springen lassen, um durch die Wüste zu wandern.«

»Das habe ich.«

»Du weißt schon, dass so verrückter Mist wirklich nur getan werden sollte, wenn man auf LSD ist.«

»Ich bin mir sicher, wir könnten etwas zum

Rauchen finden.« Die Wirkung hielt für einen Gestaltwandler nicht lange an, aber es war möglich.

»Vermutlich nicht die beste Idee, da wir nur begrenzte Knabbereien haben. Ich würde lieber einen warmen Ort finden, an den wir uns für die Nacht zurückziehen können.« Er durchsuchte seinen Rucksack und holte seinen Mantel heraus, dann fluchte er. »Meine verdammten Handschuhe sind im Zug.«

»Du hättest dein Zeug nicht überall verteilen sollen.«

»Du hättest mir sagen sollen, dass ich keine Zeit haben würde, nach allem zu sehen.« Er funkelte sie an.

Sie grinste. »Wenn deine Finger kalt werden, lass es mich wissen. Ich habe einen warmen Ort, an den du sie stecken kannst.«

Sein Gesichtsausdruck ... oh, er war sinnliche Köstlichkeit. Sie konnte nicht anders, als ihn zu küssen. Schnell, denn sie sollten wirklich nicht zu viel Zeit an diesem Ort verbringen, der für das Rudel verboten war. Irgendetwas mit einem Abkommen. Könnte diplomatische Gestaltwandlerprobleme verursachen. Bla, bla.

»Wenn es noch kälter wird, könnten wir in Schwierigkeiten geraten«, bemerkte er.

»Wir könnten immer noch eine Kuhle graben und uns für Wärme aneinanderkuscheln.«

»Ich spiele für die Nacht nicht Regenwurm.«

»Dann laufen wir.«

Er seufzte. »Du hättest von deinem angeheuerten

Schlägertypen nicht zwei Geländemotorräder abladen lassen können, oder?«

»Willst du, dass ich dir auf der Violine vorspiele?«

Anstatt zu antworten, packte er sich so gut wie möglich ein, dann zog er eine Schicht aus und zwang sie dazu, sie zu tragen, trotz ihrer Proteste, dass sie angeblich die Dicke ihrer Kleidungsstücke nicht mochte. Sie brauchte es nicht, musste aber zugeben, dass seine Sorge um sie süß war.

Sie machten sich auf, der Nachtwind war frisch und schleuderte kleine Sandkörner hoch. Selbst sie musste zugeben, dass es kein angenehmes Fortkommen war. Aber das behielt sie für sich.

Ein paar Dünen später konnte sie nicht umhin, seinen eisigen Atem zu bemerken und seine in die Ärmel gesteckten Hände. Sie hatte nicht an die Tatsache gedacht, dass er nicht so warm blieb wie sie.

Der felsige Aufschluss, der zum Teil von Sand begraben war, bot den perfekten Ort, um zu sagen: »Warum kommen wir hier nicht für eine Weile unter und wärmen uns auf.«

»Ich mag diesen Plan«, schnaubte er und ließ seinen Rucksack in das geschützte V der Steine fallen. Er holte eine Dose heraus und zündete sie an. Durch das Licht konnte sie das Etikett lesen. *Campingfeuer in einer Dose.* Gut beschrieben und praktisch an einem Ort, wo es kein Holz gab. Außerdem sehr ausgefallen.

»Du hast daran gedacht, Gel zum Verbrennen

mitzubringen, aber nicht an ein zusätzliches Paar Handschuhe?«, sagte sie.

»Ich hatte Handschuhe. Ich war ein wenig abgelenkt.«

Ja. Abgelenkt von ihr. Der Rausch wanderte zu der Stelle zwischen ihren Beinen.

Das Kribbeln, das sie immer wieder gespürt hatte, seit er sie zum Höhepunkt gebracht hatte, kehrte zurück. Sie wünschte, sie hätten in diesem Zug ein paar Minuten mehr haben können. Dass sie die Zeit jetzt hätten. Leider rief die Pflicht.

»Ich werde mich umsehen. Bin in ein paar Minuten zurück.«

Immer noch in der Hocke, griff er nach ihrem Knöchel. »Bleib hier. Wir sollten uns nicht trennen. Du findest mich in der Dunkelheit vielleicht nicht wieder.«

»Ich würde dich finden. Ich werde meiner Nase folgen.«

»Gut zu wissen, dass ich so sehr stinke«, erwiderte er.

»Wie wäre es, wenn ich einfach dem Licht folge, also lass es nicht ausgehen.«

»Vielleicht solltest du es mitnehmen?«, bot er an.

»Nein danke. Denn dann würdest du sehen, was ich wirklich tue, denn ich habe versucht zu umschreiben, dass ich pinkeln muss.« Nicht gänzlich eine Lüge.

»Oh. Das muss ich irgendwie auch. Vielleicht sollte ich da rausgehen.«

»Hör auf, so dramatisch zu sein. Du pinkelst auf der anderen Seite des Felsens und ich gehe einfach dort drüben zu diesem Buckel, um mich hinzuhocken.«

»Nimm das Feuer mit.«

»Nein. Könntest du bitte mit dem Höhlenmenschengehabe aufhören? Nur weil ich keinen Schwanz schwinge, bedeutet das nicht, dass ich Angst vor der Dunkelheit habe.«

»Ich versuche nur, nett zu sein«, meckerte er.

»Nett wäre, das fortzuführen, was wir angefangen haben«, scherzte sie.

Totenstille.

Gute Stille oder von der schlechten Art? Sie wollte es irgendwie wissen, nur hatte sie keine Zeit dazu, da sie einen Duft aufgenommen hatte. Etwas, das nicht hierhergehörte. Ranzig und ein wenig verfault. Es war windabwärts gewesen, bis die leichte Brise drehte.

Sie lief leise, ihre Sinne scharf. Sie hätte es vorgezogen, zu ihrem Löwen zu wechseln. Allerdings musste sie mit Peter in der Nähe vorsichtig sein.

Der sandige Boden passte sich an jeden Schritt an, den sie tat, und machte es ihr aufgrund von Wellenbewegungen, der Rillen und Erhöhungen schwer, ihren Blick auf eine Stelle zu konzentrieren.

Es versteckte sich, bis sie beinahe darauf gestoßen war. Das Monster erhob sich plötzlich, ein falscher Sandhaufen zum Leben erwacht, und zischte.

Was zur Hölle war es?

Das Ding mit seinem rattenähnlichen Körper hatte

einen langen Schwanz, der am Ende spitz zulief, und hellbraunes Fell, das Teile seines Körpers bedeckte. Andere Teile waren käsige, faltige Haut.

Es stand auf zwei Beinen, seine Vorderpfoten waren mit messerlangen – und sie würde wetten scharfen – Krallen ausgestattet. Der von ihm ausgehende, übel riechende Gestank reichte aus, um in ihr den Wunsch auszulösen, zu würgen, und das bei jemandem, der in der Vergangenheit Leichen aufgespürt hatte.

Das Einzige, was daran nicht beängstigend war?

Seine Größe. Das Ding erreichte nicht einmal ihr Knie. Nora kam näher und packte es im Nacken. Es stieß ein gotterbärmliches Quietschen aus, das Peter mit einem Schrei anlockte.

»Nora! Geht es dir gut?«

Sie trug ihren Preis mit einem triumphierenden »Ich glaube, ich habe die Maus gefunden« zurück.

»Was?« Mit der Geldose in der Hand kam Peter nahe genug heran, um zu sehen, was sie gefangen hatte. »Was zum Teufel ist das?« Er zuckte sichtbar zurück, als ihr gefangenes Monster zischte und seine stummeligen Tasthaare zuckten.

»Das ist unser nächster Hinweis«, verkündete sie und hielt ein paar Meter vor Peter an, während sie die zappelnde Kreatur festhielt. Sie kooperierte wirklich nicht und quietschte heftig.

»Hör zu, kleine Bezwingerin mutierter Nagetiere,

ich glaube, du solltest dieses Ding absetzen, bevor du dir etwas einfängst.«

»Ich werde loslassen, wenn du bereit bist, ihm zu folgen.«

»Ich folge dieser Kreatur nicht.« Er rümpfte die Nase.

»Wir müssen. Es ist die Maus.«

»Es ist eine Missgeburt.«

»Ah, sag das nicht über das Baby.«

»Dieses Baby ist sechzig Zentimeter groß anstatt weniger Zentimeter.«

»Wirft die Frage auf, wie groß die Erwachsenen werden«, antwortete sie, als sich das Monster beruhigte und in ihrem Griff hing.

»Warte«, sagte er langsam, und sie konnte sehen, wie sich die Zahnräder in seinem Kopf drehten. »Wenn das ein Baby ist, dann –«

Der Sand brach in einem Geysir aus, als die Mutter mit ihren zahlreichen hängenden Zitzen aus dem Boden hervorstieß. Wie auch ihr Nachwuchs hatte sie zerfetztes Fell mit Schleim, der aus Druckgeschwüren quoll. Ein gezacktes Horn bog sich hinter einem gerundeten Ohr, ein Stoßzahn auf einer Seite ihres riesigen, klaffenden Schlundes. Und sie legte eine wütende Einstellung an den Tag und brüllte sie an, während ihre vielen Tasthaare sich in der Luft wanden, als wären sie lebendig.

Die kleinere Version in Noras Griff drehte sich, und sie ließ los. Vielleicht würde die Mutter-Mutantenratte ihnen nichts tun, wenn sie ihr hässliches Junges zurückbekam.

Das kleine Monster rannte zu seinem Elternteil, doch wenn sie eine freundliche Wiedervereinigung erwartet hatte, dann lag sie verdammt falsch.

Das Baby sprang und packte Mamas tretenden Fuß. Es klammerte sich daran und begann zu kauen. Bis Mama aufstampfte.

Blut und Innereien spritzten. Das kleine Monster erreichte kein hohes Mutantenalter.

Somit blieben sie mit einer immer noch superwütenden Mutantenratte zurück, die ihren unheilvollen Blick auf sie richtete.

»Erschieß sie«, brüllte Peter, der seine schicke Kerze nach ihr schwang.

»Womit?«

»Was meinst du, womit? Hast du keine Schusswaffe?« Er warf ihr einen kurzen Blick zu.

»Nein. Ich mag sie nicht.«

»Ist das nicht Teil deiner Jobbeschreibung als Leibwächter?«

»Ich bin mehr eine zupackende Verteidigerin.«

»Ist das dein verdammter Ernst?«

»Hast du eine?«, war ihre sarkastische Antwort, als sie beide vor dem Monster zurückwichen, das auf alle vier Pfoten gegangen war.

»Glaub mir, wenn ich sage, dass ich es jetzt bereue, mir nicht die Zeit genommen zu haben, eine zu finden.«

»Hat in dem Buch der Held diesem Ding nicht irgendwie Käse oder so gegeben?« Sie holte eine Tüte Käsecracker aus ihrer Tasche und wedelte damit herum. »Hier, Mausi, Mausi.« Sie warf damit. »Ein wenig Käse.«

Eine Sekunde lang beäugte das Monster die Tüte. Dann sie. Dann wieder die Käsecracker, bevor es brüllte, während es die Tüte in den Boden stampfte.

»Verdammt, auf die habe ich mich gefreut.«

»Mach dir mehr Sorgen um die Tatsache, dass das Ding nicht glücklich ist«, sagte er.

»Meinst du?«

»Hast du einen Plan?«

»Nicht sterben.«

Ihre Gnadenfrist war vorbei. Das Monster war fertig mit den Spielchen und griff an. Peter tat das menschlich Kluge und rannte. Sie hielt die Stellung und täuschte an. Beinahe hätte es ihr den Kopf abgerissen. Sie duckte sich und rollte weg.

Peter rief: »Hey, du hässliches Ding, hier drüben.«

Er war nicht weit gelaufen. Er hatte die Bestie eher flankiert. Er wedelte mit den Armen und sie fragte sich, was zur Hölle er außer dem Offensichtlichen tat – nämlich sich umzubringen.

»Ich mache das«, knurrte sie, selbst als sie einen auf Matrix machte und sich nach hinten beugte, als der rattenähnliche Schwanz ausholte. Die tropfenden Widerhaken an seinem Ende würden sich vermutlich nicht gut anfühlen.

Knall.

Ein Stein traf das Monster im Gesicht. Peter bekam seinen Todeswunsch. Das mutierte Nagetier griff ihn an. Und Peter wich dämlicherweise nicht von der Stelle.

»Du Idiot.« Dann lauter: »Hier, Mausi, Mausi. Komm und sag Hallo.«

Aber das Monster gab nicht nach und sie erwartete zu sehen, wie Peter durchbohrt wurde. Schön, dich gekannt zu haben. Schade, dich gehen zu sehen.

Was für eine Verschwendung von –

Für einen Menschen bewegte Peter sich schneller als erwartet. Im einen Moment stand er im Weg eines großen Horns. Im nächsten schoss er nach vorn und sprang. Der Mann legte allerhand Fähigkeiten in seinen Sprung, wölbte sich in der Luft und drehte sich. Erst dann erkannte sie, dass er immer noch seine Dose mit brennendem Gel hielt. Als er über dem Monster rotierte, schüttete er sie aus.

Die Mutantenmaus brach in eine Fackel lebendigen Feuers aus.

Sie quietschte und roch nach gebratenem Fleisch. Von der ranzigen Art, die weder Kochkünste noch Gewürze retten konnte. Das Ding floh auf vier Beinen und zielte auf die hintere Seite ihrer von Dünen bedeckten Felsplatte ab. Es tauchte in den Sand und begann, sich zu vergraben. Die hektischen Bewegungen löschten einen Großteil der Flammen. Jedoch zu spät, als dass es noch geholfen hätte. Der Körper hörte auf zu zucken.

Es wurde wieder still. Und sicher, doch ihr Blut rauschte immer noch.

Mit einem Lächeln wandte sie sich Peter zu. »Also, bist du jetzt bereit für Sex?«

Kapitel Zwölf

Das Verrückte war, dass Peter eine Sekunde lang irgendwie: »Verdammt, was ist soeben passiert?«, und: »Lass uns Sex haben«, sagen wollte.

Sein Blut erhitzte sich, seine Begierde wurde noch heißer. Aber ... die Kreatur aus der Hölle hatte einen fauligen Gestank hinterlassen. Er tat sein Bestes, vor Nora nicht zu würgen. Sein Bauch benachrichtigte ihn, dass er diesen Kampf vielleicht verlieren würde.

Sex? Scheiß drauf. Er wollte Luft, die nicht nach einer toten, mutierten Ratte stank. »Ich glaube nicht, dass jetzt der richtige Zeitpunkt ist.«

Nora blickte zu der Leiche. Der hintere Teil war unbedeckt, was in noch mehr giftigen Gasen resultierte, die plötzlich herausströmten.

Er ging ein paar Schritte windabwärts. Sie folgte langsam.

»Hast du keinen Geruchssinn?«, musste er fragen.

»Ich rieche sehr gut.«

»Und willst dich nicht übergeben?« Er wollte spucken und den Geruch aus seiner Lunge und seiner Nase prusten.

Sie zuckte die Achseln. »Mich stört nicht viel. Also bist du dir sicher wegen dieser Sexsache?« Sie wackelte tatsächlich mit den Augenbrauen und schenkte ihm ein kokettes Lächeln.

Das tote Ding pupste hörbar. Peter war sich ziemlich sicher, grünes Gas zu sehen, und machte einen Schritt zurück, dann sicherheitshalber noch zwei weitere.

»Du gehst in die falsche Richtung«, sagte sie und lief zurück zur Quelle der giftigen Dämpfe.

»Ich würde sagen, du verstehst das falsch. Warum gehst du näher ran?«

»Weil es offensichtlich irgendwo hinwollte.«

»Es hat sich im Boden vergraben.«

»Nicht nur an irgendeiner Stelle des Bodens. Es wollte hierhin.« Sie zeigte auf den Teil der Düne, der sich unter den Anstrengungen des Monsters gekräuselt hatte. »Ich frage mich, ob sein Versteck in der Nähe ist.« Sie ging nahe genug heran, um einen Fuß zu packen und daran zu ziehen.

Der Körper bewegte sich leicht und fiel dann plötzlich, als die Stelle, an der er zum Teil vergraben war, unerwartet nachgab. Die Leiche baumelte in ihrem Griff. Sie ließ los und taumelte am Rand des neu geformten Lochs.

»Geh zurück!«, brüllte er.

»Ich glaube, ich sehe etwas.« Sie beugte sich vor.

Der Boden zerbrach. Risse wurden sichtbar und der Sand bewegte sich, bevor er wie Wasser in das Loch lief. Der Rand wurde größer. Aber ging Nora zurück?

»Wir sehen uns unten«, rief sie, bevor der Boden verschwand und sie in den dunklen Schlund fiel.

»Nora!« Peter sprang nach vorn, obwohl er wusste, dass er sie nicht rechtzeitig erreichen konnte. Das zerklüftete Loch blies eine Staubwolke hoch, die sich nach außen verteilte und alles in einem Nebel aus Dreck verbarg.

Unfähig zu sehen, erstarrte er. Er würde Nora nicht helfen, wenn er fiel oder auch vergraben wurde. Im Geiste ging er seine gepackten Gegenstände durch. Nicht die umfangreichste Sammlung, da er sich mit dem hatte begnügen müssen, was er schnell beschaffen konnte. Aber die eine Sache, die er hatte, die nicht viel Platz in Anspruch nahm? Angelschnur, die bis zu einhundertdreißig Kilogramm aushalten konnte. Genug für ihn und ein wenig Spielraum, um etwas zu tragen. Während er die Schnur betastete, versuchte er zu rufen. »Nora? Sag was, damit ich weiß, dass du am Leben bist.«

Bitte lass sie nicht tot sein. Er würde sich ziemlich schlecht fühlen, wenn sie es wäre.

Die Nacht blieb stumm, bis auf das gelegentliche Krachen eines fallenden Felsbrockens. Es klang, als wäre es in der Nähe. Da sich der Staub gelegt hatte, konnte er den seltsam gezackten Rand des Loches wieder erkennen. Er bemerkte keine Risse in seinem Umfeld oder wenige Meter davor. Er sank auf die Knie und dann seinen Bauch, um nach vorn zu rutschen, wobei er innehielt, um sicherzugehen, dass der Boden ihn hielt.

»Nora.«

Diesmal hörte er sie. »Bist du um mich besorgt, Montgomery?« Ihr Tonfall war entspannt und spöttisch.

»Ich würde es nicht wagen. Ich nehme an, du befindest dich nicht in drohender Gefahr?«

»Nicht einmal annähernd. Ich habe etwas gefunden. Unseren nächsten Hinweis, glaube ich. Komm runter und sieh es dir an.«

»Wie wäre es, wenn du es mir beschreibst, während ich ein Geschirr forme, um dich hochzuziehen?«, war seine Antwort, als er sich auf den Rücken drehte, um die Angelschnur möglicherweise zu etwas zu formen, das er nutzen konnte.

»Es ist ein großer Raum. Ich glaube, er hatte mal viele Fenster. Das ist, was zerbrochen ist.«

Ein im Sand vergrabenes Gebäude? Sicherlich möglich. »Wie tief bist du?«

»Tief genug, sodass du reinspringen kannst. Einfach nicht hart landen und es wird schon funktionieren.«

»Ich schließe mich dir nicht an.«

»Warum nicht?«

»Wegen der Fenster. Sie sind Schwachstellen. Sieh es dir an.« Ein plötzliches Krachen unter ihm löste seine heikle Position. Er fiel nach unten, aber nicht so weit wie erwartet. Er dachte gerade noch rechtzeitig daran, die Hände auszustrecken und sein Gesicht zu schützen. Seine Handflächen protestierten gegen die Misshandlung.

Zum Teufel, *er* protestierte gegen die Misshandlung. Seine Bauchgegend und seine Beine hatten aufgrund einer weicheren Landung als erwartet nicht gelitten. Er blinzelte durch den Staub, während dieser sich legte. Er entdeckte Nora, die mit einer Fackel in der Hand in der Nähe hockte, die sie irgendwie angezündet hatte.

»Wie?«

»Ich habe immer ein Feuerzeug und Kaugummi dabei, da einige von uns als Kinder MacGyver gucken mussten.« Sie schnippte und eine Butanflamme schoss nach oben.

Erst dann erkannte er, dass der Stock in Wirklichkeit ein Horn war. Und das weiche Ding, auf dem er gelandet war? Der Gestank traf ihn und ihm stieg Galle hoch. Er kroch hektisch von der Leiche herunter.

Er endete in einer Hocke, die Arme ausgestreckt, als würde diese Bewegung den fallenden Himmel abwehren. »Verdammt.«

»Du sagst das oft«, bemerkte sie.

»Es ist ein gutes Wort, wenn irgendetwas verkorkst

ist. Wie jetzt.« Er fuhr sich mit den Fingern durch sein Haar.

»Ich bin eher ein *Scheiße*-Mädchen. Obwohl ich gelegentlich auch *Verdammt* benutze.«

»Diskutierst du gerade wirklich mit mir über das Fluchen? Wir müssen hier raus.« Er hob den Blick zu dem gezackten Rand über ihnen. »Es sieht aus, als wären es nur ungefähr zwei bis drei Meter zum Rand. Wenn ich dich auf meine Schultern nehme, kannst du vielleicht rausklettern.«

»Warum sollten wir das tun?«, fragte sie. Sie legte den Kopf schief und das Feuer an der Spitze ihres Horns erleuchtete ihre Züge.

»Um aus diesem Loch herauszukommen.«

»Warum? Siehst du es nicht? Wir haben den Geheimgang der Maus zu den Eisfeldern gefunden.«

Er sah sich an dem Ort um, der eine alte Cafeteria zu sein schien. Aufgebockte Tische und Bänke. Eine Theke am hinteren Ende. Und eine geneigte Reihe sandbedeckter, gesprungener Fenster, die in den Raum fielen.

Türen führten in drei Richtungen. Die schwingenden im hinteren Teil erinnerten ihn an die in einer Großküche.

»Wie soll uns das irgendwo hinführen?«

Sie zeigte an dem Sandhügel und dem gesprungenen Glas vorbei, das zu schneiden drohte. »Wenn du dort drüben hinsiehst, kannst du sehen, wohin die Maus gegangen ist.«

Eine Spur aus Dreck, der Großteil davon möglicherweise Scheiße, überzog die einst hellen Wände.

»Du willst, dass wir dem folgen?« Er zweifelte an der Idee. Was, wenn dort draußen noch mehr mutierte Mäuse waren?

»Scheiße ja, das tue ich. Dem Aussehen der Beschilderung nach«, sie zeigte und er bemerkte die Schrift an der Wand, »war das irgendeine Art Geheimoperation.«

»Um was zu tun?«

»Als ob ich das wüsste. Wenn wir es uns ansehen, finden wir vielleicht den nächsten Hinweis.«

»Es ist ausgeschlossen, dass wir es von hier aus zu irgendwelchen Eisfeldern schaffen. Wir reden von vielen Kilometern bis zum nördlichen Rand des Kontinents. Kein Gebäude ist so groß.«

»Hast du eine bessere Idee?«, fragte sie.

»Einen Weg aus diesem Loch heraus finden«, grummelte er.

»Wo ist dein Sinn für Abenteuer?«

Verloren gegangen im Keller einer alten Dame. Er musste sich wirklich zusammenreißen und darüber hinwegkommen. Außerdem musste sie nicht darauf hinweisen, was für ein Weichei er geworden war, weshalb er knurrte: »Wie kannst du so locker mit der Tatsache umgehen, dass wir uns in einem Loch im Boden befinden?«

»Hast du niemals Indiana Jones gesehen? Das ist

unser Tempel. Unser mit Sprengfallen gespicktes Labyrinth.«

So gesagt sah er sich mit anderen Augen um. Der Ort war gut erhalten, da das Glas gehalten hatte, bis ein Monster es zerbrach. Sie konnten das Gebäude vermutlich schnell durchsuchen, und dann, wenn sie erkannte, dass es nichts zu sehen gab, an einem Plan arbeiten, um hier herauszukommen. »Meinetwegen. Wir werden uns umsehen müssen.«

»Super«, rief sie. »Warte, lass mich dir auch eine Fackel besorgen.«

Er versuchte, angesichts des nassen Reißgeräuschs nicht das Gesicht zu verziehen, als sie den Stoßzahn von der Bestie zerrte und ihm reichte. Sie war so unbeeindruckt von dem, was sie getan hatte.

Als er ihn mit den Fingern umschloss, konnte er nicht umhin zu fragen: »Wurdest du im Wald großgezogen?«

»In der Stadt, aber ich habe jeden Sommer auf einer Ranch verbracht.«

»Und da hast du gelernt, Tierhörner als Fackel zu benutzen?«

»Unter anderem. Kommst du?« Sie ging los, wich dem Schutt der eingestürzten Decke aus und begab sich in Richtung der Tür nach Norden.

Das war verrückt. So unsicher. So dumm, es in nüchternem Zustand zu tun. »Ich hätte angestrengter nach Gras suchen sollen«, murmelte er, als er ihr folgte.

Die Tür öffnete sich mit einem harten Stoß und führte sie zu einer Treppe, die nach unten in pure Dunkelheit führte. Gott sei Dank hatten sie ihre Fackeln. Sie landeten in einem Tunnel, der sich in drei Richtungen verzweigte. Nora ging geradeaus.

»Woher weißt du, wo du hinmusst?«, fragte er.

»Ich gehe nach Norden.«

Der Tunnel, den sie wählte, stellte sich als ein wenig beunruhigend heraus, als sie das allgemeine Symbol für Strahlung sahen.

Peter fluchte, als sie daran vorbeigingen. »Ich nehme an, das erklärt die Ratte. Ich frage mich, wie viel davon durchsickert. Vielleicht habe ich Glück und bin letzten Endes nur unfruchtbar.«

»Oder du könntest ein Superheld werden.«

Allein der Gedanke daran brachte ihn zum Prusten. »Ich bin nicht der Typ, der Strumpfhosen trägt. Ich bin auch kein Robin Hood. Ich stehle für mich. Und nur für mich.«

»Was ist mit Familie? Würdest du für sie stehlen?«

»Natürlich«, gab er hitzig zurück. »Obwohl darauf hinzuweisen ist, dass meine Schwester wütend wäre, wenn sie es herausfände. Und sie ist meine einzige Familie.«

»Nicht mehr. Sie hat geheiratet, was bedeutet, dass du eine ganz neue dazugewonnen hast.«

»Ja. Nein danke. Wenn du ihre angeheirateten Tanten getroffen hättest, würdest du es verstehen.«

Lena, Lenore und Lacey waren ältere Frauen, die ihm

höllische Angst einjagten, und er hätte nicht sagen können weshalb.

»Die drei Ls. Ich habe von ihnen gehört. Und wie es klingt, sind sie das Äquivalent meiner Schwestern. Sie stecken ihre Nasen immer in meine Angelegenheiten«, schnaubte Nora. »Denn anscheinend sollte jede Frau heiraten und Kinder kriegen wollen.«

»Und jeder Kerl muss aufhören, sich die Hörner abzustoßen, und stattdessen sesshaft werden. Ich würde lieber meine Junggesellenwohnung behalten, Affären haben, wenn nötig, und mein Leben leben.«

»Genau!« Sie beäugte ihn. »Vielleicht mit gelegentlichen Übernachtungen.«

»Für Morgensex und Frühstück im Bett. Auf jeden Fall.«

»Du würdest kochen.«

Er stolperte beinahe. Sicherlich hatte er ihre Andeutung missverstanden.

Sie kamen an einem weiteren Warnsymbol vor radioaktiver Strahlung vorbei, das auf eine zugeschweißte Tür aus massivem Stahl gestempelt war. Er konnte beinahe spüren, wie es ihn vergiftete.

»Hör auf, jedes Mal zusammenzuzucken, wenn wir an so etwas vorbeigehen.«

»Bist du nicht ein wenig besorgt, dass wir dem ausgesetzt wurden?«

»Ich bin immun.«

»Niemand ist immun gegen Strahlung«, sagte er.

»Ich habe wirklich gute Gene.«

»Es tut mir leid, ich wusste nicht, dass ich mit einer Superheldin reise. Muss schön sein, sich keine Sorgen darum machen zu müssen, verletzt zu werden«, war seine sarkastische, lang gezogene Antwort.

»Nur wenige können das. Es ist einfach eine Tatsache.«

Ihre Arroganz war unglaublich. »Ich bin nicht zu stolz, um zuzugeben, dass ich Grenzen habe.«

»Wenn du zurückgehen willst, dann geh.« Sie zeigte in die Richtung, aus der sie gekommen waren. »Du wirst jedoch wieder an all diesen gruseligen Zeichen vorbeigehen müssen. Ich gehe vorwärts.«

»Ich bin kein Feigling.« Aber er hatte einen großen Sinn für Selbsterhaltung, und diesen hatte er bereits stark genug überspannt, indem er in diesen versteckten Untergrund gekommen war.

»Wie bist du jemals ein Dieb geworden, wenn du dir immer um Risiken Sorgen machst?«

»Ein richtiger Diebstahl ist der, der nicht bemerkt wird. Er umfasst Planung und dann perfekte Ausführung. Da gibt es keine mutierten Ratten und Strahlung.«

»Aber das Gute ist, es gibt mich«, verkündete sie.

»War das der Bonus?«

Sie drückte sich an ihn. »Willst du sagen, ich bin nicht der Hauptpreis?«

Seine Hände landeten auf ihren Hüften und er zog sie näher. »Mir fällt kein besserer ein.«

»Gute Antwort.« Sie neigte den Kopf nach oben und küsste ihn.

Er hätte es vielleicht mehr genossen, wenn er sich nicht eingebildet hätte, wie sie zu leuchten begannen. »Lass uns einen schöneren Ort finden, um das zu Ende zu bringen.«

»Hier entlang.« Sie zeigte in eine Richtung.

»Wie entscheidest du das?«

»Na ja, der nächste Hinweis waren die Eisfelder. Das bedeutet kalt und platziert es nördlich von uns.«

Ihre allzu einfache Begründung brachte ihn dazu, einen Fehler darin anzumerken. »Woher weißt du, wo Norden liegt?«

»Instinkt.«

»Du meinst, du rätst einfach?«

Sie lachte. »Nein, aber deine Reaktion war großartig.«

»*Wie* wählst du dann unsere Route?«

»Mausspuren.«

»Die haben wir vor zwei Kreuzungen verloren.«

»Ich bin froh zu sehen, dass du es bemerkt hast. Da bin ich dazu übergegangen, der Wegbeschreibung zu folgen.« Sie zeigte auf die Markierungen an der nächsten Kreuzung. »Sie stehen hier geschrieben.«

»Du kannst Russisch lesen?«

»Nein, aber ich habe hier mal an einem Sommer-Bootcamp teilgenommen und ein paar Grundlagen gelernt.«

»Was für eine Art Bootcamp?«, fragte er. Denn das klang irgendwie verdreht.

»Die Art, die weder Flöten noch Kanus beinhaltete.« Sie zwinkerte. »Noch mehr Treppenstufen. Was denkst du, wie tief runter geht es?«

Tief genug, dass selbst er sich fragen musste, worüber sie gestolpert waren. Eine geheime Anlage, um Atommüll zu verstecken?

Die Stufen waren von einer mit gummierten Rillen bedeckten Rampe flankiert. Am Fuß der Treppe stand ein Gabelstapler, verfallen und staubig.

Etwas weiter gab es noch mehr verlassene Maschinen, von denen einige für Ersatzteile auseinandergenommen worden waren. Die, die diese bekommen hatten, sahen nicht so vernachlässigt aus. Sie waren an einer Wand geparkt, sauber und dazu bereit, ohne große Schwierigkeiten anzuspringen.

»Das sieht nicht völlig verlassen aus«, verkündete Nora, die die geschlossenen Schachttüren beäugte.

»Waren es die funktionierenden Lichter, die es verraten haben?« Denn es waren nicht ihre Fackeln oder Fenster, die den Bereich beleuchteten. Er löschte seinen Stoßzahn.

Sie blickte über sich zu den Glühbirnen. »Das erklärt das Summen, das ich gehört habe.«

»Welches Summen?« Denn er hörte nichts.

»Laufende Generatoren. Es gibt Leute, die diesen Ort benutzen.«

»Bist du dir sicher? Denn die Mausscheiße ist

zurück.« Er zeigte stolz auf den Dreck, der an der hinteren Wand entlanglief.

»Lass uns nachsehen, was hinter diesem Vorhang ist.« Sie meinte die herunterhängenden Plastikstreifen, die den Raum abteilten.

Sie betraten ein Ladedock, das ein Bahnsystem flankierte, das in einen breiten Tunnel führte.

»Denkst du, das funktioniert?«, fragte sie und beäugte die miteinander verbundenen Wagen, die verkratzt und aufgrund ihres Alters verrostet waren.

»Sollte die erste Frage nicht sein, wo es hinführt?«

Sie zeigte auf die Markierungen über der Tunnelöffnung. »Nach Norden.«

»Und natürlich denkst du, wir sollten dem folgen.«

»Du nicht? Dort führt die Maus uns hin.« Der Kot schien tatsächlich entlang der Schienen zu laufen und in den Schlund des Verderbens zu führen.

»Oder da drin sind noch mehr von ihnen und warten auf leichtgläubiges Fleisch, das sie verspeisen können.«

»Keine Sorge, ich werde dich vor den Mäusen beschützen«, neckte sie ihn, bevor sie zu den Wagen ging und hineinspähte. »Überwiegend leer. Aber ich rieche Fisch.« Sie klang verwirrt.

»Fisch? Bist du sicher?« Er kam nahe genug heran, sodass selbst er den schwachen Duft bemerkte. »Könnte illegale Fischerei sein, die durch diesen Tunnel geschmuggelt wird. Es würde Sinn ergeben, wenn diese Schienen das Meer erreichen. Boote können ihre Waren bringen. Sie bringen sie verdeckt her, indem sie diese Wagen benutzen. Sobald die Beute hier angekommen ist, fährt jemand sie nach Sibirien und sie wird auf dem Schwarzmarkt verkauft.« Die Anwesenheit des Tunnels und der Wagen erklärte auch, wie der radioaktive Mist hierherkam, ohne dass die Welt es bemerkte. Vermutlich hatte die Anlage einen anderen Zweck gehabt, bevor die Schmuggler übernahmen.

»Wir haben den Weg zu den Eisfeldern gefunden«, trumpfte Nora auf.

»Wir haben etwas gefunden«, korrigierte er, während er seinen Verstand infrage stellte, da er den Hinweisen in einem vor Hunderten von Jahren geschriebenen Buch folgte. Aber er war zu weit gekommen, um jetzt aufzugeben.

»Ich frage mich, ob wir herausfinden können, wie man diese Dinger in Bewegung setzt.«

Bevor einer von ihnen suchen konnte, ertönte ein weit entferntes Klappern, wie bei alten Maschinen. Vielleicht wie Schachttüren.

Nora versteifte sich. »Scheiße. Es kommt jemand. Versteck dich.«

Kapitel Dreizehn

Während Nora eine Warnung zischte, zog sie Peter an der Hand und führte ihn an den Wagen vorbei in den Tunnel der Dunkelheit. Nicht seine erste Wahl, aber vermutlich ihre beste. Unterwegs löschte sie ihre Fackel.

Sie betraten den Schienentunnel und drückten sich an die Wand. Er hörte das Rascheln von Plastik und das schnelle Gerede von zwei Menschen, ein Mann und eine Frau, so wie es klang. Einer von ihnen pfiff, wie nach einem Hund. Weiteres Gerede, dann das Grummeln einer Maschine, das sich in das Kreischen von Metall verwandelte, als die Getriebe für die Schienen zu tuckern begannen.

»Was hältst du davon, wenn wir mitfahren?«, flüsterte Nora, als sie ihn tiefer in den Tunnel zog, weit außer Sichtweite eines jeden, der zusah. Die Wagen, die immer noch an Geschwindigkeit zunahmen, rollten vorbei und sie warf sich in einen hinein.

Er sprang in den nächsten und umklammerte den Rand. Er konnte nichts sehen.

»Warum bist du ganz da drüben? Warte, ich komme.«

»Warte? Was?« Er hätte vielleicht mehr gesagt, aber er konnte hören, wie sie von ihrem in seinen Wagen kletterte. »Sei vorsichtig«, rief er, als sie landete.

»Bitte, ich habe das schon mit Achterbahnen bei voller Geschwindigkeit gemacht. Ich kann mit diesem Kinderkram umgehen.«

»Denkst du, wir sollten hier drinbleiben? Wir wissen nicht einmal, wo es hinführt.«

»Ich nehme an, das werden wir herausfinden. Währenddessen machen wir es uns gemütlich.« Sie zog ihn neben sich nach unten. Er nahm seinen Rucksack vom Rücken. Angesichts der Kühle holte er seine dünne Thermodecke hervor. Er lehnte sich zur Seite, um sie über ihr auszubreiten, und spürte ihr Lachen.

»Mir ist nicht kalt.«

Tatsächlich, sie strahlte sogar Hitze ab. »Mir ist kalt, also lass mich und teile.«

»Muss ich dich aufwärmen?«, neckte sie ihn. Es war egal, dass er sie in der Dunkelheit nicht sehen konnte. Er konnte ihr Lächeln praktisch erkennen.

»Ich bin mir nicht sicher, ob jetzt der richtige Zeitpunkt ist.«

»Warum nicht?«

Er hätte ihr eine Liste von Gründen geben können. Aber das würde ihm nicht geben, was er wollte.

Sie.

Er drehte sich und tastete in der Dunkelheit nach ihr, woraufhin er mit der Hand ihren Kiefer fand und ihn umfasste, um sie an sich zu ziehen.

Sie küssten sich, ein sanftes Pressen von Lippen, das leidenschaftlich wurde. Ihr Mund klebte an seinem, offen und einladend. Seine Zunge sagte Hallo. Seine Hände wanderten wie von allein über ihren ganzen Körper.

Sie waren an einem äußerst unpassenden Ort, und doch war es egal. Am Ende saß sie auf seinem Schoß, rittlings auf seinen Oberschenkeln, die Hände an seinem Gesicht. Sie leckte über seine Lippen, nagte an ihm und gab kleine Geräusche von sich, um ihn verrückt zu machen.

Mit den Händen umfasste er ihren Hintern und drückte ihn durch den Stoff ihrer Leggings. Er war so verdammt steif, dass er dachte, seine Hose würde platzen.

»Ich will dich erneut lecken«, stöhnte er.

»Ich finde, das klingt nach einem guten Plan. Rutsch ein wenig runter und nutze deinen Rucksack als Kissen«, schlug sie vor, während das Rascheln von Stoff auf Kleidung hindeutete, die ausgezogen wurde.

Er rutschte und musste seine Knie beugen, da seine Füße auf das hintere Ende des Wagens trafen. Er war geneigt und auf der perfekten Höhe, wie sich herausstellte. Während sie immer noch kniete, drückte sie ihren Schritt in sein Gesicht.

»Leck mich«, befahl sie.

Er gehorchte, teilte ihre prallen Lippen mit seiner Zunge und kostete die Süße, die ganz sie war. Salzig auch, um dem Ganzen ein wenig mehr Tiefe zu verleihen. Sie erhob sich über seinem Gesicht und Mund und stöhnte, als er sie über den Abgrund stürzte. Er manövrierte eine Hand nahe genug, sodass er einen Finger in sie gleiten lassen konnte.

Sie spannte sich fest darum herum an und wimmerte. »Fick mich.«

Er wollte nichts mehr als das. »Setz dich auf meinen Schwanz.«

Sie war an der Reihe zu gehorchen, als sie praktisch seine Hose aufriss, um zu seinem Schwanz zu gelangen. Mit begierigen Händen packte sie ihn und er stöhnte, während er mit den Hüften in ihren Griff stieß.

»Sieh dich an, großer Junge. Das wird lustig.« Sie presste seine Spitze an sich und er schaffte es, nach Luft zu schnappen.

»Kondom!« Er hatte welche. Irgendwo. Verdammt, er war so kurz davor.

»Mach dir keine Sorgen darum. Ich habe mich darum gekümmert.«

Sie setzte sich hart auf ihn. Er explodierte beinahe. Das intensive Ziehen ihrer Wände um ihn herum ließ ihn die Luft einsaugen, sein Körper war steif. Und als sie sich zu bewegen begann, konnte er nicht anders, als seine Finger in ihren Hüften zu vergraben.

Sie wusste, wie sie sich an ihm reiben musste, um seinem Schwanz diese enge, liebevolle Fürsorge zukommen zu lassen, nach der er sich sehnte. Sie spannte ihre Muskeln an und streichelte ihn so sehr, dass er bald keuchte: »Ich kann nicht länger an mich halten. Kann nicht.«

Als wären seine Worte ein Auslöser, kam sie. Hart. Eng. Seinen Schwanz drückend. Seinen Orgasmus melkend und ihn in die Länge ziehend, bis er aufgrund der Intensität beinahe schrie.

Sie brach auf ihm zusammen.

Sie keuchten beide.

Es war so verdammt unglaublich. Überwältigend. Als sie also sagte: »Willst du es noch mal machen?«

War seine sehr verständliche Antwort: »Un-hunh.«

14

Kapitel Vierzehn

Die Zeit verging langsam und zu schnell in diesem dunklen Verschlag, wo sie den Körper des anderen allein mit Berührung und Geschmack erkundeten.

Peters Ausdauer kam der ihren nicht gleich, stellte sich für einen Menschen aber als beeindruckend heraus. Als Liebhaber stellte er sie zufriedener, als sie es sich je hätte vorstellen können. Wenn sie sich mit dreimal pro Tag zufriedengeben musste, dann sollte es eben so sein.

Er döste am Boden des Wagens, sein Körper um ihren gelegt. Angezogen, da die Gefahr nicht darauf warten würde, dass sie ihre Kleider überzogen. Zumindest behauptete er das.

Nora hatte das Gefühl, dass es mehr mit der Tatsache zu tun hatte, dass er die stärker werdende

Kälte spürte, als sie ihr Ziel erreichten. Für sie war es immer noch angenehm. Der Unterschied darin, was sie aushalten konnten, war mehr, als sie erkunden wollte. Sie musste seine empfindliche Konstitution vorsichtiger behandeln, als sie es mit ihrer eigenen tun würde.

Er würde jedoch ausrasten, wenn sie das jemals zu ihm sagte. Er hatte Stolz. Selbst wenn sie ihre Unterschiede erklärte, musste sie sich fragen, ob er sie weiterhin so akzeptieren würde. Im Moment schien er sich an ihrer Kompetenz nicht zu stören, aber was, wenn sie ihn weiterhin übertrumpfte?

Nicht alle Männer konnten damit umgehen. War es falsch, dass sie auf jemanden gehofft hatte, der mit ihr umgehen konnte?

Sie weckte ihn, als es im Tunnel schließlich begann, heller zu werden. »Komm schon. Hier steigen wir aus«, flüsterte sie.

Er sagte kein Wort, sondern sammelte seinen Rucksack und seine Tasche ein, und als der Wagen langsamer wurde, folgte er ihr über den Rand, bevor sie von jemandem entdeckt werden konnten, der am Ende der Schienen wartete. Sie schlichen den Tunnel entlang und duckten sich, als sie sich dem Eingang und den Stimmen näherten.

Weiteres Russisch, Gebrüll, Gerede, allerhand lauter Mist, während sie warteten. Und warteten.

In den Filmen schien alles so schnell zu gehen. Die Realität beinhaltete viel Geduld. Schließlich tuckerten die Wagen wieder durch den Tunnel, schwer beladen mit Fisch und anderen im Wasser lebenden Köstlichkeiten: Hummer, Krabben, sogar ein wenig Robbe. Der Geruch machte sie hungrig. Sie bereute es wirklich, ihre Käsecracker aufgegeben zu haben. Sie hätte sie sich in den Mund stecken und an ihnen saugen können, bis sie ohne ein Krachen schlucken konnte. Diese salzige Köstlichkeit schmecken.

Sie hatte den Kopf zurückgeworfen und stöhnte beinahe, als er ihr ins Ohr flüsterte: »Du denkst besser an mich.« Sein Arm legte sich um sie und mit der Hand glitt er zwischen ihre Beine. Rieb an ihr und sie wand sich an seiner Hand.

Der falsche Zeitpunkt, und er wusste es. Er reizte sie absichtlich. Er feuerte ihr Blut an und machte sie begierig.

Die Wagen waren außer Sichtweite gerollt, weshalb sie sich auf die Zunge beißen musste, als er eine Hand in ihre Leggings schob. Er streichelte sie und fingerte ihre Klitoris auf eine Art, die sie dazu brachte, sich an seiner Hand zu reiben. Als sie sich umdrehte, war es, um ihn zu küssen und ihn weiter zu küssen, während er sie mit den Fingern befriedigte und an seiner Hand kommen ließ. Sie umklammerte ihn und zwang sich dazu, sich zurückzuhalten, damit sie ihn nicht verletzte. Sie unterdrückte es und wurde durch die Anstrengung beinahe ohnmächtig. Als es getan war, lehnte sie ihre Stirn an seine, während er ihr den Rücken streichelte.

Sie hatte es erneut geschafft, sich zurückzuhalten, anstatt loszulassen und zu grob mit ihm zu werden. Aber wie lange wäre sie fähig, das zu tun, bevor sie es vergaß und die Kontrolle verlor?

Seine Finger lösten sich und sie konzentrierte sich wieder auf die Gegenwart mit ihren verblassenden Stimmen, als die Leute mit einem Klirren von Metall gingen, als würden sich Türen schließen. Im Schlund des Tunnels wurde es still. Sie wartete noch eine Weile, bevor sie zum Eingang schlüpfte und hinausspähte. Anders als die Plattform, von der sie gestartet waren, waren sie in einer riesigen Eishöhle angekommen, mit einem wässrigen Stück, wo Wellen auf ein mit Eis bedecktes Dock schwappten. Das Wasser sah nicht warm aus.

In der Ecke der Höhle befanden sich einige große Metallcontainer, verbunden mit Tunneln. Aus dem Dach von einem stieg Rauch auf. Nicht alle waren gegangen und sie sah keine Eisfelder. »Ich denke, wir werden die Höhle verlassen müssen, wenn wir etwas erkennen wollen.«

Herausgehen bedeutete, den Bewohnern der Container ihre Anwesenheit zu offenbaren. Nur zwei von ihnen hatten Fenster. Zwei zu viel, falls jemand zusah.

Niemand schlug Alarm und bald manövrierten sie über die rutschigen Felsen am Schlund der Höhle. Das Wasser hatte eine Eisschicht gebildet, die eine tiefgehende Kühle durch die Haut schickte.

Sobald sie die ersten Meter hinter sich hatten, wurde das Klettern leichter. Nicht dass sie irgendwelche Probleme hätte, und Peter genauso wenig. Er zeigte eine überraschende Widerstandsfähigkeit. Er wäre beeindruckend, wenn er nur die Hälfte der Gaben hätte, die ihr das Dasein als Gestaltwandler bescherten.

Während des Kletterns trug er einen mürrischen Ausdruck. So sexy. Eine Schande, dass er sich auf halber Strecke ihres Aufstiegs vermutlich gegen einen Quickie sperren würde.

Als sie die Spitze erreichten, hielt er inne, die Hände auf den Oberschenkeln und schwer atmend. Währenddessen war sie nicht einmal in Schweiß ausgebrochen.

Sie kniff jedoch die Augen zusammen. »Wow, es ist hell.« So weit das Auge reichte, funkelte eine weiße Schicht, brach das Licht und badete die Welt darin.

»Ein Diamantfeld. Genau wie in der Geschichte.« Er schüttelte den Kopf.

»Beginnst du, an unsere Suche zu glauben?«, fragte sie.

»Ich gebe zu, dass es bisher verdammt wild war. Und all das deinetwegen. Du hast einen wirklich guten sechsten Sinn für dieses Zeug.«

Mehr eine gute Nase und eine gute Prise Neugier. Diese Mission trug bereits Früchte. Arik würde von den illegalen Fischern wissen wollen. Der Erhalt der

Meeresbewohner war für Katzen von hoher Bedeutung. Sie liebten ihr Surf and Turf.

»Im Buch kam er mittags heraus und die Welt war blendend«, sagte sie, wobei sie sich umdrehte, um sich umzusehen. »Aber er konnte nur eine Sache erkennen.« Sie zeigte auf etwas.

»Den Rand der Welt«, verkündete er. »Sieht aus, als würde das Eis in einer Wolke enden.«

Sie gingen darauf zu und bewegten sich so schnell, wie sie es zu Fuß konnten. Sie wusste, dass ihm kalt sein musste, und dennoch beschwerte er sich nicht. Er marschierte einfach mit Entschlossenheit weiter.

Trotzdem konnte sie nicht umhin, sich Sorgen zu machen. Erfrierungen waren eine sehr reale Bedrohung für ihn, genau wie Unterkühlung. Gestaltwandler waren heißer und wurden davon nicht so sehr beeinflusst.

Zumindest mussten sie nicht weit gehen. Die Wolken kamen näher, und während sie dies taten, sagte sie: »Die Luft wird wärmer.«

»Ich glaube, wir haben den Vulkan gefunden«, war seine Antwort.

Bald umgab sie der feuchte Nebel und sie hielt Peter am Arm fest, bevor er über den Rand trat.

»Vielleicht solltest du einen Weg suchen, der nicht damit endet, dass du in den Tod stürzt«, schlug sie vor.

Er kniete sich hin und sah murmelnd nach unten. »Es muss einen Weg geben.« Er war derjenige, der einen nach unten führenden Felsvorsprung fand, der sich windend und drehend in den Vulkan führte und sie tiefer brachte. Er hielt ihre Hand und seine Aufregung summte in ihr.

Sie waren fast da. Am Ende des Tunnels würden sie den Schatz finden.

Oh, und noch etwas.

Ein abscheuliches Monster.

Kapitel Fünfzehn

»Oh mein Gott!«, rief Peter aus.

»Dito«, quietschte Nora. »Ist er nicht einfach süß!« Sie klatschte vor Freude in die Hände.

Der russische Yeti erhob sich in einem struppigen Knäuel aus weißgrauem Fell. Er zeigte eine beeindruckende Zahnreihe, stieß mit seinen Hörnern und gab ein lautes »*Brüll*« von sich.

»Ich will ihn!«, rief Nora. Sie würde ihn umarmen und lieben und Fluffy nennen.

»Du weißt schon, dass uns das Ding als sein nächstes Abendessen beäugt«, verkündete er.

Tatsächlich, er wedelte mit seinen Tatzen und tat sein Bestes, beängstigend zu erscheinen. »Er ist so flufig!« Sie hatte zwei Schwächen. Sherpa-Pullover und große, kuschelige Yetis. Sie war sogar ein halbes Dutzend Mal in die Rockies gefahren, in der Hoffnung, einen zu finden. Zumindest wurde ihr Traum wahr. »Du wirst mein bester Freund sein.« Sie warf sich auf den Yeti, verfehlte ihn aber.

Sie verfehlte ihn! Das geschah so selten, dass sie eine Sekunde lang verblüfft dalag, bevor sie aufsah, und dann noch ein wenig mehr, vorbei an dem geriffelten Fuß eines Sockels.

»Ich habe ihn gefunden!«, kreischte sie. In ihrer Begeisterung über das zum Leben erwachte Stofftier hatte sie beinahe den wahren Grund vergessen, aus dem sie hier waren.

Sie sprang auf die Füße und spähte zu der kunstvollen Schatulle, die mit hellem Metall intarsiert war, aber seltsamerweise kein Loch für einen Schlüssel zeigte. Was möglicherweise den Haufen erklärte, den sie hinter der Säule entdeckte. Allerhand Schlüssel auf einem Haufen, gemischt mit Knochen. Viele Knochen. Sie waren nicht die Ersten, die herkamen.

»Ich glaube, der Schatz könnte verflucht sein«, sagte sie zu ihm.

»Ach was. Er wird von einem großen Monster bewacht«, sagte Peter, als er seinen Rucksack vom Rücken nahm.

»Wohl kaum ein Monster. Fluffy ist das Süßeste, was ich je gesehen habe.« Nora lächelte, als sie umherwirbelte und ihr zukünftiges Haustier dabei erwischte, wie es versuchte, sie zu umarmen. »Komm her, Süßer.« Sie streckte sich, umfasste seine Arme und zog ihn an sich.

»Umarmst du dieses Monster?«

»Es ist niedlich. Ich werde es behalten.«

»Du kannst es nicht behalten. Du weißt nicht einmal, was es ist.«

»Russischer Yeti.«

»Ich glaube nicht, dass es so etwas wie einen russischen Yeti gibt.«

»Wie würdest du meinen neuen Freund dann bezeichnen?« Sie schüttelte ihn. Fluffy quietschte.

»Vor allem nicht als Freund«, schnaubte Peter, der sich an die Seite drückte. Er hatte sein winzig kleines Messer in der Hand.

»Wage es nicht, meinen Fluffy zu piksen.« Sie schob den Yeti hinter sich und schnaubte. Heiße, neblige Luft. Streng. Und verbrannt riechend. Aber seltsam, dass es nicht heißer war. Das arktische Meer und das Eis hielten wohl die Temperatur unten.

»Versuchst du, gefressen zu werden?«, fragte er und wedelte mit dem Messer.

»Sie wird uns nicht verletzen, oder, Fluffy?« Sie wirbelte zu dem Yeti herum, der zurückwich, den Kopf geneigt, beide argwöhnisch beäugend.

»Sie versteht dich nicht.«

»Da bin ich anderer Meinung. Sie hört uns auf jeden Fall zu.«

»*Heul*«, antwortete Fluffy zustimmend.

Peter hingegen runzelte die Stirn. »Es scheint sanftmütiger zu sein als erwartet.«

»Sie.«

»Woher weißt du das?«

»Wie kannst du es nicht wissen?«, entgegnete Nora spöttisch. »Obwohl ich mich geschmeichelt fühle, dass dein Kopf nicht einfach von jeder Dame in Pelz erregt wird.«

»Ich glaube nicht an Pelz, auch wenn ich Steak mag.«

»Hängt vom Pelz ab. Wenn ich ihn tragen würde, würdest du ihn streicheln.«

Etwas würgte. Ihr armer Fluffy litt offensichtlich unter einem Haarballen.

»Ich kann nicht glauben, dass wir den Ort im Buch gefunden haben.« Peter drehte sich um und betrachtete langsam die riesige Höhle, die von einer Eisschicht überzogen war, während Hitze von den Rissen im Boden gefror. Ein schwerer Nebel hing einige Meter über ihren Köpfen. Ein paar Öffnungen führten vom Raum weg und es war verlockend, sie sich anzusehen. Danach.

Zuerst hatte sie eine Schatulle zu öffnen.

Fluffy stand vor dem Sockel.

»Beweg dich, Fluffy. Ich bin wegen des Schatzes hier.«

Ihr neues Haustier bleckte die Zähne.

»Hey, hey, spricht man so mit mir? Und zu denken, dass ich uns für das heutige Abendessen Fleisch suchen wollte.«

Fluffy würgte erneut.

Moment. War ihr neues Haustier Vegetarier? Oder noch schlimmer: »Bist du Veganer?«

Fluffy schüttelte den Kopf.

Sie seufzte erleichtert. »Aber du versuchst, mir etwas zu sagen. Ich rate mal, du willst, dass wir der Schatulle fernbleiben.«

Fluffy begann, wild zu zappeln.

Selbst Peter bemerkte es.

»Liegt es daran, dass es einen Fluch gibt?« Denn alle Märchen hatten einen.

Weiteres wildes Zappeln, das Peter zum Spott anregte. »Es wird offensichtlich, dass du zu viele Filme mit Tieren als Darsteller gesehen hast. Das Ding versucht eindeutig nicht, uns etwas anderes mitzuteilen, als dass wir lecker aussehen.«

»Du kannst wirklich engstirnig sein, weißt du.«

»Puritanisch zu sein ist das, was mich aus dem Krankenhaus rausgebracht hat«, murmelte er.

»Die Welt ist voller Dinge, die unerklärlich erscheinen«, sagte sie, wobei ihre Aufmerksamkeit von einem Geräusch abgelenkt wurde.

Fluffy neigte ebenfalls den Kopf. Es schien, als hätten sie Gesellschaft.

»Die Wissenschaft wird irgendwann alles erklären.« Peter, mit seinen menschlichen Ohren, hatte es nicht bemerkt.

»Nein, wird sie nicht.« Ihre feste Überzeugung.

Schließlich hörte auch er die sich nähernde Menschengruppe, deren Schleichversuch alles andere als subtil war. »Jemand kommt.«

»Ich hoffe, es sind die Kerle, die den Schlüssel

gestohlen haben.« Es wäre nett von ihnen, ihn selbst in ihre Pfoten abzuliefern.

Fünf Männer liefen in den Raum – da ihre Frauen offensichtlich zu klug waren, um sich mit Nora anzulegen. Sie waren mit normalen Schusswaffen bewaffnet, nicht mit Betäubungsgewehren. Das hielt ihr neues Haustier jedoch nicht davon ab zu versuchen, sie zu beschützen.

Fluffy brüllte und wedelte mit den Armen, während sie auf sie zulief, nur um angeschossen zu werden.

»Fluffy! Nein!«, rief Nora, als ihre neue beste Freundin auf dem Boden landete und in einen mit Dampf zischenden Riss rollte.

Nora knurrte, als sie sich den Menschen stellte. »Ich werde euch das Gesicht abreißen und es fressen«, brüllte sie. Nur um eine Sekunde später zu erkennen, dass sie ihr Versprechen nicht halten konnte. Es sei denn, sie plante, auch Peter zu töten. Er würde es vermutlich bemerken, wenn sie zur Katze wurde und begann, auf Leuten herumzukauen.

Sie musste sich damit zufriedengeben, auf die Menschen zuzulaufen. Eine Kugel streifte ihre Schulter. Obwohl sie nicht außer Gefecht gesetzt war, täuschte sie vor, zu Boden zu gehen, denn vielleicht könnten die Menschen immer noch einen Kopfschuss zustande bringen.

Peter gefiel das nicht. »Ihr Mistkerle! Ihr habt sie angeschossen.«

Wenn ein Löwe Sucht

»Wir werden auch dich erschießen, wenn du nicht aus dem Weg gehst«, verkündete der Anführer der Gruppe mutig, als er nach vorn schlenderte.

Das Aufprallen einer Faust auf Fleisch resultierte in einem schmerzerfüllten Heulen und einem Kerl, der rief: »Willst du, dass ich ihn erschieße?« Mit ihm war Peter gemeint, der den Anführer der Menschen geschlagen hatte.

Sie würde ihn beschützen müssen. Sie grub ihre Finger in den Boden und bereitete sich auf den Sprung vor.

»Noch nicht«, sagte der Kerl, der sich den Kiefer rieb. Er grinste, als er den Schlüssel hervorholte und damit wedelte. »Ich sage, wir lassen ihn sehen, was in der Schatulle ist, dann bringen wir ihn um, damit sein Geist allerhand bedauern kann.«

Es war das Dümmste, was sie je gehört hatte, und doch schien der Kerl so zufrieden mit sich zu sein. Selbstgefälliges Arschloch. Als er an ihr vorbeiging, zog sie sich zusammen, bereit zum Angriff, nur um zu erstarren, als sich ihnen ein neuer Spieler anschloss.

Eine Frau mit rostbraunem Haar betrat die Höhle, und bevor irgendjemand reagieren konnte, erschoss sie zwei der Menschen, zielte auf den dritten und sagte: »Legt eure Waffen nieder oder ihr sterbt alle.«

Alle gehorchten.

Zum Teufel, Nora wollte irgendwie eine Waffe haben, um sie vor lauter Ehrfurcht ebenfalls niederlegen zu können. Das waren gute Schüsse und Drohungen.

Nora erhob sich mit dem vagen Gefühl, dass sie die junge Frau erkennen sollte, und bereitete sich darauf vor, sie zu konfrontieren. Allerdings wurde sie ignoriert, als sich der Neuankömmling auf Peter konzentrierte und sagte: »Ich bin Svetlana Koznetsov! Du hast meine Großmutter umgebracht. Bereite dich darauf vor zu sterben.«

16

Kapitel Sechzehn

SCHATTIERUNGEN VON DIE BRAUT DES PRINZEN ließen die Aussage der Frau seltsam erklingen. Die Dinge wurden noch verrückter, als ein Tiger aus dem Tunnel heraustrat.

Das war sein Stichwort.

Das, das ihn nachts schweißnass aufwachen ließ.

Das in ihm den Wunsch auslöste, er hätte eine Waffe.

Der böse Tiger, der ihn verfolgte, rieb sich an der Enkelin von Irina Koznetsov.

»Ich habe Irina nicht umgebracht.« Peter zeigte auf den Tiger. »Das Ding da hat es getan.«

»Großmutters Tiger hätte sie nie gefressen. Sie hat ihn ihr ganzes Leben lang besessen«, verkündete Svetlana, während sie den Kopf der Katze tätschelte, wobei sie offensichtlich nicht den funkelnden Blick bemerkte, den sie ihr zuwarf. »Er hat auf mich aufgepasst, wenn

Großmutter ihre Nachmittagsschläfchen gehalten hat.«

»Der Tiger deiner Großmutter hat Geschmack für Menschenfleisch. Glaub mir, das weiß ich.«

»Er ist ein Fleischfresser. Es liegt in seiner Natur«, verteidigte das dumme Mädchen die Bestie.

»Wie lange folgst du mir schon?«, knurrte er.

»Seit du vor ein paar Wochen wiederaufgetaucht bist. Obwohl ich dich gesucht habe, seit du meine Großmutter umgebracht und den Schlüssel gestohlen hast.« Svetlana hielt ihre Waffe fest, als sie auf den Kerl mit dem Schlüssel zuging.

Einer der Angreifer bewegte sich. Ohne den Kopf zu drehen, schoss Svetlana ihm ins Bein, und er hätte schwören können, dass er Nora »Cool« murmeln hörte.

»Was weißt du über den Schlüssel?«, fragte er.

»Dass er wichtig ist. Ich kann nicht glauben, dass ich ihn als Kind benutzt habe, um diese dämliche Lampe für meine Großmutter zu machen. Als ich ein Foto davon einem Freund von mir gezeigt habe, der antike Legenden studiert, hat er beinahe den Verstand verloren, da er identisch mit einem Schlüssel in irgendeiner Geschichte war, über die er seine Dissertation geschrieben hat. Man stelle sich meine Überraschung vor, als ich meine Großmutter besuchen wollte und das verdammte Ding weg war. Gestohlen. Und ich habe die arme Katze eingesperrt in einem Käfig gefunden, zusammen mit Großmutters zerfetzter Kleidung.«

»Was beweist, dass die Katze sie umgebracht hat.«

»Weil du ihr keine Wahl gelassen hast, indem du sie zusammen eingesperrt hast.«

Er wusste nicht, wie er mit jemandem diskutieren sollte, der so unvernünftig war. »Ich wusste, ich hätte nicht nach Russland zurückkehren sollen.« All seine Probleme stammten von hier.

»Gib ihn her.« Da sie den Anführer der Schlägertypen erreicht hatte, der den Schlüssel gestohlen hatte, streckte Svetlana die Hand aus. Der Kerl zögerte nur eine Sekunde vor der Waffe, die auf sein Gesicht gerichtet war. Die griff nach dem Schlüssel. »Jetzt wollen wir sehen, was all dieser Wirbel soll.«

»Brüll.« Der Tiger hatte offensichtlich Einwände gegen den Plan.

»Werde nicht wütend mit mir, Kitty. Ich habe dich mitgebracht, um ihm eine Lektion zu erteilen. Also fang an«, fauchte Svetlana.

Als könnte er verstehen, trat der Tiger auf ihn zu, aber er wich nicht von der Stelle. Wegzulaufen würde es dem Tier nur leichter machen, ihn niederzureißen. Auf der anderen Seite versprach er sich auch keine guten Chancen in einem Hand-gegen-Krallen-Kampf.

Nora trat zwischen sie.

Der Tiger knurrte.

Und Nora ...

Na ja, Nora knurrte zurück.

Er zog sich überrascht zurück. Es war recht realistisch, was Katzengeräusche betraf.

Der Tiger hielt inne, bevor er losschlich, als wollte er um sie herumgehen.

»Das willst du wirklich nicht tun«, sagte Nora mit einer leisen Drohung.

»Ich würde auf Nora hören, wenn ich du wäre«, verkündete Zach, als dieser plötzlich die Höhle betrat, die Hände ausgestreckt, als wäre er unbewaffnet. Für einen Ort, der angeblich seit verdammt langer Zeit verborgen war, schien er viele Besucher zu haben.

»Wer zur Hölle bist du?«, fragte Svetlana und umklammerte den Schlüssel, während sie mit ihrer Waffe zielte.

»Der Kerl, der die Kälte hasst und doch in Russland ist, innerhalb eines Vulkans inmitten einer verdammt großen, eiskalten Tundra. Also, wirst du deine Waffe weglegen oder sollte ich einfach davon ausgehen, dass ich dich umbringen muss?«

Das war hart, selbst für Peters Standard, und dieser Kerl war für gewöhnlich Noras Partner. Es bestärkte ihn nur in seinem Glauben, dass Nora für die Mafia arbeitete.

Svetlana sah aus, als wollte sie widersprechen.

Zach zuckte die Achseln. »Dann wie du willst.«

»Allerdings!« Svetlana schoss, aber Zach bewegte sich bereits und glitt in einen dicker werdenden Nebel, der von den Öffnungen im Boden aufstieg.

Das war der Moment, in dem Nora handelte und herumwirbelte, wobei ihr Fuß in die Luft ging und traf. Die Waffe flog aus Svetlanas Hand, dann packte sie das russische Mädchen am Handgelenk und drehte. Svetlana schrie auf.

»Gib mir den Schlüssel.«

»Er gehört nicht dir«, knurrte Svetlana eine Sekunde, bevor die Hölle losbrach.

Fluffy tauchte plötzlich auf und stürzte sich auf einen der ursprünglichen Schlägertypen. Schlägertyp Nummer zwei begann zu feuern. Peter hörte ein Brüllen, als der Tiger sich auf ihn warf. Alles wurde gleichzeitig schnell, langsam, verschwommen und zu groß.

Fliegendes Fell. Schreie. Schüsse. Knurren.

Und das war der Moment, in dem es passierte. Peter begann wieder zu halluzinieren, aber diesmal, anstatt zu denken, er sähe einen Tiger, der sich in eine alte Frau verwandelte, sah er seine Geliebte, die sich in einen Löwen verwandelte. Er blinzelte und es passierte einfach. Im einen Moment Mensch, im nächsten große, goldene Katze. Der Löwe traf auf den Tiger. Sie gingen in einer speienden, wogenden Masse aus Fell zu Boden.

Dann ging sein psychotischer Bruch noch tiefer, als Zach aus dem Nebel erschien, ein großer, nackter Mann, der zu einem Löwen mit buschiger, dunkler Mähne wurde.

Aber der Schock seines Verstandes, der ihn denken ließ, dass sich die Leute um ihn herum in Tiere verwandelten, war nicht das, was ihn in die Knie zwang. Daran hatte die Kugel Schuld.

Kapitel Siebzehn

DER KAMPF SELBST DAUERTE NICHT LANGE, ABER als er zu Ende war, waren mehr als nur ein paar gestorben. Zum Beispiel alle Schlägertypen. Zach war bereits an der Arbeit und schob die Leichen mit seiner Schnauze und seinen Pfoten umher, um sich ihrer in den tiefen Rissen zu entledigen, die das Vulkanbecken säumten.

Der Tiger lag keuchend auf dem Boden, weniger verletzt als alt und müde. Nora war nicht darauf aus, die alte Dame umzubringen, trotz der Dinge, sie sie getan hatte. Immerhin hatte sie einmal eine Großmutter gehabt, die dachte, das Melken jungfräulicher Ziegen mit dem Mund würde Falten glätten. Manchmal taten alte Menschen Dinge auf die alte Art. Es lag an der nächsten Generation, es ihnen beizubringen.

»Es ist vorbei, Irina«, verkündete sie.

Der Tiger seufzte und verwandelte sich, Fell wurde zu Fleisch.

Svetlana schnappte nach Luft. »Großmutter? Bist du das?«

Wie konnte das Mädchen seine Wurzeln nicht kennen? Würden sie eine weitere Leiche vergraben müssen?

Apropos. Der Gestank von Blut durchdrang die Luft und sie brauchte einen Moment, um zu erkennen, dass ein Teil davon von hinter ihr kam.

Peter.

Ein Wirbeln und sie war bei ihm, drückte ihre Finger auf die Schusswunde in dem Versuch, den Blutfluss zu hemmen.

»Wir müssen das stoppen.« Sie musste weiter Druck ausüben.

»Viel Glück dabei. Falls du es nicht bemerkt hast, ich bin eher vom Pech verfolgt.« Er hustete und krampfte ein wenig, was die heiße Flüssigkeit strömen ließ.

Panik, selten und unwillkommen, gab ihr ein flaues Gefühl im Magen. »Vielleicht wenn ich es ausbrenne.«

»Wage es nicht, mich mit diesem Mutantenhorn zu brandmarken.« Er schloss die Augen und schnappte nach Luft.

»Ich muss etwas tun.« Irgendetwas. Sie konnte ihn nicht einfach sterben lassen.

»Zeig mir den Schatz.« Sie hörte sein Flüstern beinahe nicht.

»Das kann nicht dein Ernst sein.«

»Wenn ich sterben werde, will ich sehen warum. Was ist in der Schatulle?«

»Du stirbst nicht«, jammerte sie. Dennoch rief sie nach Zach. »Ich brauche den Schlüssel.«

Der Löwe wackelte mit seiner Mähne und ging auf Svetlana zu, die den Schlüssel an ihre Brust drückte.

Irina ohrfeigte sie. »Lass ihn los! Er wird dir den Kopf abreißen, bevor du ihn umbringen kannst.«

Die Frau knirschte mit den Zähnen, als Zach herüberstolzierte, geschmeidig in seinen Bewegungen, als er von Löwe zu Mann überging. Einem sehr großen und nackten Mann.

»Gib ihn her«, verlangte Zach.

Svetlana widersprach nicht. Sie ließ ihn in seine Handfläche fallen.

Zach trug ihn zu Nora, die erklärte: »Peter will sehen, was in der Schatulle ist, bevor er mit ein paar Stichen genäht wird.«

»Ich habe es gehört. Ich werde ihn hinbringen.«

»Mich wird kein nackter Kerl tragen.« Peter warf Zach einen Seitenblick zu, der ihn zum Lachen brachte.

»Bilde dir nur nichts ein. Ich stehe auf Titten und Fell, kleiner Mann.«

Wenn die Situation nicht fatal gewesen wäre, hätte sie gelacht. »Lass dich von Zach tragen, sonst wirst du den Schatz nicht sehen.«

»Ist das eine Art, mit einem sterbenden Mann zu

Wenn ein Löwe Sucht

reden? Warte, ich will mich nicht beschweren. Du würdest vielleicht tatsächlich versuchen, Violine zu spielen.« Peters matter Witz brachte ihm beinahe eine Ohrfeige ein.

Diesmal übertrieb er nicht. Dämlicher, zerbrechlicher Mensch.

Sie versammelten sich um die Säule herum, wo die Schatulle mit dem Stein verschweißt zu sein schien. Sie war kalt, verglichen mit der Hitze innerhalb des Beckens. Eiskalt, als sie mit der Hand darüberfuhr. Es erschien so seltsam angesichts dessen, dass es in der Höhle recht warm war.

»Ich weiß nicht, wo ich den Schlüssel reinstecken soll.« Nora sah keine Stelle. Ihr Blick fiel auf den Haufen dahinter und die ausgeblichenen Schädel.

»Vielleicht ist es unsichtbar«, sagte Peter. Er wurde von Zach aufrecht gehalten. Seine Augen waren halb geschlossen.

»Das ist dämlich«, verkündete sie und stieß den Schlüssel in Richtung Schatulle, nur um zu erstarren, als dieser tatsächlich hineinging. »Heilige Scheiße. Ich habe ein Loch gefunden.« Sie schob ihn hinein, bis es nicht mehr ging. Dann ergriff sie Peters schlaffe Hand.

»Lass es uns gemeinsam tun«, sagte sie, bevor sie ihn festhielt und den Schlüssel drehte.

Er blieb auf halber Strecke stecken. Er ließ sich nicht drehen, also drückte sie fester und er brach.

Ihr Entsetzen brach mit einem heftigen »Verfluchte Scheiße!« heraus.

Peter lachte. »Ich nehme an, ich werde das Innere wohl doch nicht sehen. Typisch für mich.«

Wie schicksalsergeben, und sie war plötzlich bereit zu weinen. Sie schlug mit den Fäusten auf die geschlossene Schatulle und brüllte: »Öffne dich, du verdammtes Ding.«

Zu ihrer Überraschung, und vermutlich der aller anderen, tat sie das.

»Was ist drin?«, fragte Peter.

Sie beugte sich vor, um hineinzusehen, da sie nichts weiter erkennen konnte als Dunkelheit. Sie steckte ihr Gesicht direkt in die Öffnung hinein und ihr wurde sofort kalt, als würden Finger ihre innere Essenz berühren. Sie sog überrascht den Atem ein. Kalt, so kalt, und jetzt in ihr.

Sie zog sich zurück, ihr Atem frostig.

»Und?«, fragte Peter. »Hast du den Schatz gefunden?«

Sie rieb ihre Fingerknöchel über seine Wange. »Das habe ich. Aber nicht von der Art, die ich erwartet hätte.«

Er schloss die Augen. »Ich ebenfalls. Nora.«

Wenn sie nur mehr Zeit gehabt hätten. Wenn er ein wenig robuster gewesen wäre. Wie sie sich wünschte, er wäre ein Gestaltwandler wie sie. Dann wäre eine einfache Schussverletzung nur eine vorübergehende Reizung gewesen. Wenn sie nur noch eine Chance haben könnte.

Ihre Lippen berührten seine und ihr Atem kam plötzlich in einem kalten Rausch heraus.

Peters Körper zuckte. Seine Augen öffneten sich, aber er sah sie vermutlich nicht, angesichts des glänzenden Films, der sich über sie legte.

Er begann zu zittern und beben, die Bewegung war schnell genug, um ihn verschwimmen zu lassen. Sie trat von ihm zurück, als seine Gestalt schwankte und zitterte, ihre Form veränderte. Es wuchs Fell.

Was zum Teufel?

Zach ging weiter weg, aber sie kam näher heran.

Konnte es möglich sein? Dieser kalte Atem, den sie aus der Schatulle gezogen und auf Peter ausgelassen hatte, war das Magie? Im Buch stand nicht, was der Held und die Zarin fanden. Nur, dass ihnen ihr Wunsch erfüllt wurde.

Ihr Wunsch. Dass sie zusammen waren.

Und das resultierte in einem sehr ausgeflippten Löwen.

Kapitel Achtzehn

Peter öffnete den Mund, um zu schreien, denn verdammte Scheiße, sein Körper hatte soeben den traumatisierendsten Schmerz überhaupt durchgemacht. Aber es kam als Brüllen heraus.

Äh. Was?

»Brüll.«

Er machte weiter. Jedes Mal, wenn er den Mund öffnete.

»Brüll.«

»Brüll.«

Verflucht. Nein, es kam immer noch als Brüllen heraus. Nein!

Die Panik war real, als er losrannte und sich an den interessant riechenden Leuten vorbeidrängte. Der große Kerl hatte ein wenig scharfe Würze und etwas Moschus an sich. Nora war ganz süß und beinahe genug, um ihn von seinem Sprint abzulenken. Allerdings zeigte die ausgewachsene Panik ihre Wirkung.

Er hatte völlig den Verstand verloren. Er dachte, er sei ein Löwe. Er wäre für immer in der Klapsmühle eingesperrt.

Bevor er weit kommen konnte, überwältigte ihn ein Körper. Ein Körper mit goldenem Fell, der ihn zu Boden drückte. Er hätte vielleicht gekämpft, aber er kannte diesen Duft.

Nora. Moment, wie konnte er sie am Duft erkennen? Und warum verpasste es ihm einen Ständer? Oh, verdammt. Wie konnte er an Sex denken, wenn er verrückt geworden war?

Wehe mir! Er erschlaffte. Er konnte genauso gut auf die Männer in den weißen Kitteln warten.

Eine Nase stupste ihn an. Einen Moment später summte Nora ihm zu: »Komm schon, du große Katze. Hör auf auszuflippen. Beruhige dich. Es ist keine große Sache.«

Keine große Sache? Er dachte, er sei ein Löwe.

Er wollte kein Löwe sein.

Und plötzlich war er es nicht. Es half nicht. Denn jetzt war er nackt und saß auf dem kiesigen Boden. »Diese Ärzte haben recht. Ich bin verrückt«, murmelte er.

»Nicht verrückt«, gab eine sehr nackte Nora zurück.

Bildete er sich das auch ein? »Ich dachte, ich wäre angeschossen worden. Aber sieh mich an, ich bin nicht verletzt. Ich habe gesehen, wie du die Schatulle geöffnet hast, aber sie war leer. Und dann dachte ich, ich wäre eine Katze. Dann warst du eine riesige Katze. Vielleicht lassen mich die Gase halluzinieren.«

»Das ist alles passiert, Peter. Jeder Teil davon«, sagte sie leise.

»Aber ...«

»Kein Aber. Gestaltwandler sind real.«

»Real?« Er blickte auf seine Hände. Es klang unmöglich. Und doch waren sie vor einem Moment mit Fell bedeckt gewesen. »Wie?«

Sie zuckte die Achseln. »Vielleicht wird es eines Tages eine wissenschaftliche Erklärung geben, aber für den Moment reicht Magie aus. Und bevor du fragst, anders als du wurde ich so geboren.«

»Als Löwe?«

»Als Gestaltwandlerin. Wie auch immer du es nennen willst. Und jetzt bist du es auch.«

»Ich bin ein Löwe.« Es zu sagen sorgte nicht dafür, dass es sich real anfühlte.

Das übernahm ein inneres Grummeln, ein Instinkt, der *Gefahr* rief.

Seine Ohren stellten sich auf und auch seine Aufmerksamkeit wurde erregt. Nora hob den Kopf und sie drehte sich alarmiert um. »Wir müssen von hier verschwinden. Der Vulkan klingt, als würde er aufwachen.«

Es zu sagen löste das Beben praktisch aus. Die

Welt zitterte und plötzlich wurde der Dampf im Raum um einige Grad wärmer.

Zach rief: »Wie müssen von hier verschwinden.«

»Nicht ohne Fluffy.«

»Wir haben keine Zeit, um nach ihr zu suchen.«

»Wo ist die Schatulle?«, fragte Nora mit einem Blick auf den Sockel. Leer. Schatulle und Schlüssel verschwunden. Irina und Svetlana auch. Risse bildeten sich im Boden.

»Lasst uns von hier verschwinden.« Peter nahm Noras Hand und wollte loslaufen, aber ein Riss öffnete sich und schnitt ihnen den Weg ab.

Zach zögerte nicht. Er verwandelte sich in einen Löwen und sprang.

Nora ließ seine Hand los. »Verwandle dich, lauf und spring.«

»Ich –« Er wollte sagen, dass er es nicht konnte.

Aber wenn er es nicht tat, würde er sterben.

Nora lächelte ihn an. »Du kannst das. Du bist jetzt einer von uns. Weißt du, was das bedeutet?« Sie beugte sich zu ihm, um ihm ins Ohr zu flüstern. »Wir werden nicht auf dreimal beschränkt sein.«

Er wurde hart, als sie herumwirbelte und loslief. Sie verwandelte sich, während sie rannte, bis sie eine goldene, geschmeidige Katze war, die über den Riss segelte. Dann war er an der Reihe.

Er war an der Reihe, das Unmögliche zu werden.

Mach schon, Löwenkörper.

Er wartete.

Nichts. Das Grummeln verstärkte sich und der Dampf stieg heiß genug auf, um Haare zu locken. Jetzt oder nie. Er begann einfach zu laufen, während er betete.

Wenn ich ein Löwe bin, dann bring mich zum Brüllen.

Mehr wie ein ersticktes *Keuch*, aber auch er schaffte den unmöglichen Sprung auf die andere Seite. Er landete auf vier Füßen und schloss sich den anderen Katzen an.

Bei einem Blick über seine Schulter sah er den Sockel, nur einen Moment, bevor er von blauer Lava umhüllt wurde. Blau war heißer als rot, wenn er sich richtig erinnerte.

Es war wirklich Zeit zu verschwinden.

Sie liefen den Tunnel bis zum Rand des Vulkans entlang und liefen dann weiter. Sein vierbeiniger Körper wurde ihm umso angenehmer, je länger er ihn trug.

Und befreiend. Stark. Ohne wie erwartet zu ermüden, schaffte er es, den ganzen Weg zum Helikopter zu laufen, den Zach hergeflogen hatte. Sie hoben ab, und nicht eine Sekunde zu früh, da die Platte, auf der er geparkt war, brach und Lava sich ihren Weg hindurch bahnte.

Die gute Neuigkeit war, dass Peter nicht darin geröstet wurde. Sein Glück hatte sich endlich gedreht. Er war am Leben, in einem Stück und mit einer unglaublichen Frau zusammen, von der er sich ziemlich sicher war, dass er sie liebte.

Er verschränkte seine Finger mit ihren und sie drehte sich um, um ihn anzulächeln, bevor sie ihren Kopf auf seine Schulter legte. Der wahre Schatz, hier an seiner Seite.

In dieser Nacht in ihrem Hotelbett verehrte er jeden Zentimeter von ihr. Küsste sie von diesen prallen Lippen bis zu ihren Kniekehlen. Bei den Zehen zog er die Grenze. Er leckte sie, bis sie sich an seinem Gesicht windend kam.

Er reizte ihre Brustwarzen, bis sie sich so heftig an seinem Oberschenkel rieb, dass er wegen des Wundscheuerns besorgt war.

Dann vögelte er sie. Auf dem Rücken. Auf den Knien. Seitlich. Unter der Dusche. Sie tragend, während er sie für mehr Sex zum Bett brachte.

Und selbst nach all diesem Sex wollte er sie umso mehr.

Was der Grund war, warum er während ihres Fluges nach Amerika direkt nach einem Quickie auf der Toilette sagte: »Ich liebe dich.«

»Ich dich auch«, erwiderte sie mit einem Kuss. Und gefolgt von: »Tu mir nur einen Gefallen und erzähle es niemals meinen Schwestern.«

»Warum nicht?«

»Denn wenn sie wissen, dass du mich liebst und ich dich liebe, werden sie dich, bevor du dichs versiehst, dazu überredet haben, in einen Becher zu wichsen, damit sie die Beweglichkeit deiner Spermien überprüfen können.«

»Aber ich will keine Kinder«, war seine dumme Antwort.

Sie tätschelte seine Wange. »Ich auch nicht. Aber das wird sie nicht davon abhalten, es zu versuchen. Also halte dich an Weihnachten von den Austern fern. Sie versetzen sie gern mit Viagra, um den Großonkeln ein wenig Spaß zu bieten und die Tanten wütend zu machen.«

»Sind sie Löwen wie du?«

Sie lachte. »Niemand ist wie ich.«

Und das war die ehrliche Wahrheit.

Brüll.

Epilog

Zurück in den Staaten stellte sich die Erklärung all dessen, was sie gesehen hatte, als interessant heraus. Manche Leute waren eher skeptisch und nahmen an, dass der Vorfall im Vulkan ein verborgenes Gen in Peter erweckt hatte. Andere dachten über den Was-wäre-wenn-Aspekt der seltsamen Magie in der Schatulle nach, die in die große weite Welt entwichen war.

Angesichts dessen, dass sie sie finden wollten, bestand Noras neuer Auftrag darin, zu versuchen aufzuspüren, wohin Irina und ihre Enkelin verschwunden waren. Und vor allem, die Schatulle zu finden.

Die Mission kam mit einem neuen Partner einher. Aber das war nicht der Grund, warum Peter mehr Zeit in ihrer Wohnung als in seiner verbrachte. Nicht dass es sie störte. Aneinandergekuschelt aufzuwachen wurde schnell ihre neue Lieblingsbeschäftigung.

Mit Peter zu arbeiten war völlig anders als mit Zachary. Zum Beispiel hatte sie nie ihren Job mit so viel Sex in Einklang bringen müssen. Gut, dass sie, wenn nötig, schnell sein konnten und sich die längeren Nummern für die Nacht aufhoben.

Er lernte ihre Familie kennen, und als ihre Schwestern ihn mit seinem Potenzial als Samenspender zu bedrängen begannen, erzählte er eine traurige Geschichte über seine beeinträchtigten Mutantenspermien. Dann sagte er, wie perfekt Nora für ihn sei, da sie von demselben radioaktiven Vorfall mutierte Eier hätte.

Sie war sich nicht sicher, ob ihre Schwestern es glaubten, aber sie fand es belustigend, ihm bei dem Versuch zuzusehen.

Trotz all der Veränderungen schien Peter sich an seinen neuen Normalzustand gewöhnt zu haben. Aber das Rudel war immer noch verunsichert aufgrund des Wissens, dass es dort draußen etwas gab, das ihnen in den falschen Händen gefährlich werden könnte.

Hatte die Entdeckung der Schatulle letzten Endes alles verändert, was sie kannten?

Oder war das ein Neuanfang?

Sie musste sich diese Frage stellen, als sie sich in der Sonne wälzte und ihr goldenes Fell die heißen Strahlen aufsaugen ließ, bis etwas Massiges einen Schatten verursachte. Träge öffnete sie ein Auge und

Wenn ein Löwe Sucht

erblickte ihren Gefährten, der dort verdammt majestätisch mit seiner wilden, langen Mähne stand. Glücklicherweise war Peter nicht daran interessiert, zu herrschen und ihr Rudel zu spalten.

Er verwandelte sich, wobei sein langer, schlanker Körper inzwischen weniger Narben zeigte. Sein Haar war dichter. Seine Haut klarer. Als hätte er das Ungesunde abgestoßen und sich erneuert.

Es hatte eine Auswirkung auf seine Vitalität. Jetzt war sie diejenige, die sich bemühen musste mitzuhalten, wenn er ihr dieses Grinsen schenkte.

»Wir haben ein paar Minuten, bevor wir uns anziehen und zur Party gehen müssen.« Er zog eine einladende Augenbraue hoch.

Sie streckte sich und liebte es, wie sein Blick schwelte, als er sie beäugte. »Also, ich habe heute etwas Interessantes von dem Team gehört, das diese Märchenbücher studiert.«

»Ach ja?«, entgegnete er und fiel auf ein Knie und hob ihr Bein über seine Schulter, um sie zu entblößen.

»Ich habe den Namen des Helden herausgefunden«, sagte sie. Und den Grund, warum er ihr nicht hatte erzählen wollen, wie er lautete.

Sie schrie ihn heraus, als er sie kommen ließ. »Peter.« Der Held, der das Happy End bekam, den benötigten Schlüssel, um ihr Löwenherz aufzuschließen.

Bevor Nora und Peter sich dem Mile High Club anschlossen, aber nachdem der Vulkan ausgebrochen war ...

Während des ganzen Fluges zurück zum Flughafen, wo er den Helikopter ausgeliehen hatte, ließ Zach sich nicht anmerken, dass er von dem blinden Passagier wusste. Er machte sich auch nicht allzu viele Sorgen darum. Er konnte die Angst desjenigen riechen, der sich hinter dem Lagerbereich versteckte, wo er ein wenig von der Ausrüstung hingeworfen hatte, für den Fall, dass die Dinge in der Arktis schiefliefen.

Nora und ihr verwandelter Mensch hatten nur Augen füreinander. Die von ihnen abstrahlenden Hormone waren ablenkend. Um sie schnell loszuwerden, bot er ihnen an, seinen Mietwagen zu nehmen. Er würde ein Taxi rufen.

Als das frisch verliebte Paar verschwand, täuschte er vor, den Helikopter zu kontrollieren, und wartete, bis die beiden außer Sichtweite waren, um zu sagen: »Du kannst jetzt rauskommen.«

Seine Neugier brachte ihn dazu zu schnüffeln, um herauszufinden, wer sich an Bord geschlichen hatte. Er kannte den Duft nicht und war sich nicht sicher, was er zu erwarten hatte. Er wusste nur, dass es weder Svetlana noch ihre Großmutter waren. Sein blinder Passagier war nicht menschlich. Er hätte nicht sagen können, was sie war. »Ich weiß, dass du hier drin bist. Komm raus.«

Wenn ein Löwe Sucht

Er hörte erst ein Rascheln, bevor er riesengroße Augen entdeckte, ein helles und ein eisig blaues. Feine Züge, umrahmt von silbernem und grauem Haar, das über ihre nackte Gestalt hing. Die Frau blinzelte ihn durch dichte Wimpern hindurch an. Ihre Lippe saugte sie nach innen, als wäre sie nervös.

»Wer zum Teufel bist du?«, bellte er, überhaupt nicht fasziniert von ihrem unschuldigen Gesicht.

Dann blinzelte er über ihre unerwartete Antwort. »Fluffy.«

Der ruppige und harte Zach ist niemand, der auf ein hübsches Gesicht hereinfällt, aber hinter Fluffy Aleena steckt mehr, als man auf Anhieb erkennen kann, was sie möglicherweise perfekt machen würde für die Gefährtin eines Löwen.

www.ingramcontent.com/pod-product-compliance
Lightning Source LLC
LaVergne TN
LVHW041632060526
838200LV00040B/1543